Yuichirou & Nozomi
「新進脚本家は失踪中」

「男とか女とか、関係ないんじゃない?」

彼の湿った囁きに、頑固な僕は抵抗を続ける。

「好奇心なんでしょ。本当は、男相手のセックスなんて、どうやってやるんだろうと思っているくせに」

「んー、そうかもしれない。確かに戸惑いはありますよ」

（本文P.102より）

Chara

新進脚本家は失踪中

水無月さらら

キャラ文庫

この作品はフィクションです。
実在の人物・団体・事件などにはいっさい関係ありません。

目次

口絵・本文イラスト／一ノ瀬ゆま

僕は、花をきれいだと思って眺めたことがない。人にあげたこともないし、欲しいと思ったこともない。

少し前、誰がやってもいいような脇役《わきやく》だった僕に、大きな花束をくれた人がいた。有り難く思うどころか、迷惑なことを…と思ってしまった。

花にはなんの思い入れもなく生きてきた。

それなのに、今なぜか――僕はあの花が欲しくて仕方がない。

始発から数本目かの電車が走る線路を隔てているフェンスの向こう、くたびれた夏草の緑の間にピンクの花色がちらちらと見える。

特別でもなんでもない草花だ。

真ん中の黄色い円の周囲にいくつかの花びらが並んだ、子どもが落書きにでも書くようなシンプルな花。

衝動のままに手が伸びた。

僕はかなり痩《や》せているが、さすがにフェンスの網目に二の腕まで突っ込むことは出来なかった。

仕方なく、しゃがみ込んで、フェンス下に腕を差し入れた。

ほとんど地面に腹這《はらば》いになりながら、雑草をまさぐり、かの草花の根本を掴《つか》むことに成功した。

首尾良く手折ったときは、思わずふっと笑ってしまった。

次の電車が通るまでの間に五本ほど折り、花を損なわないように注意深くフェンスの下を潜《くぐ》らせた。

まとめて手に持つと、それなりの花束に見えた。

強すぎない香りも悪くないと思う。

（……花瓶、あったっけ？）

そんな気の利いたもの、一人暮らしの男が持っているはずもない。

まぁいい——わざわざ買わずとも、少し茎を短めに切り、グラスやマグカップに挿すので充分だ。そうしたところで、殺風景な部屋には過ぎた装飾だろう。

膝《ひざ》やシャツについた土埃《つちぼこり》も気にせず、ささやかな花束を手に、僕は線路沿いの道をまたてくてくと歩き始めた。

僕の名前は麻木《あさぎ》望《のぞみ》という。

劇団『ボーダーライン』に所属する一応タレントだ。ときどきは舞台やドラマ、ＣＭなどにも出演している。

とはいえ、僕の個人的な目標は役者ではなくて、脚本家だ。

タレントとしての仕事がないときは、喫茶店やレストランなどで生活費をちまちま稼ぎつつ、もっぱら夜中に執筆する。

一行も埋められず、溜息《ためいき》とともに朝を迎える日が続いていた。

自分には才能がないというマイナス思考に一度取り憑《つ》かれてしまうと、筆は鈍るばかり、将来への不安に叫び出したくなってくる。

あてどもない散歩は、部屋を満たす重苦しい空気からの脱出だった。

夜がまだ明けきらないうちから歩き出し、線路脇に咲く花を手にしたここは、僕が住むアパートからは距離にして三キロほど離れたところ――JR山手線《やまのて》の池袋《いけぶくろ》駅と目白《めじろ》駅の中間地点だ。

線路沿いの道から一本入ると、呆《あき》れるほど立派な住宅が立ち並ぶ。

ぞろりと高い塀に、断固として閉じられている門やシャッター――辛うじて屋敷の屋根は見えるものの、念入りに整えられているだろう庭を覗《のぞ》き見るのは難しい。

夏も終わろうという今、こういう立派な敷地にはどんな花が咲いているのか。

オレンジやピンク、黄味がかった白もいい。はたまた淡いパープルか。

たぶん、僕には色彩的な飢えがある。

このところ、生活はあまりにも淡泊で、無彩色だった。笑うことも忘れそうなほど、心理的には灰色な気分に沈んでいた。

ことさら手強《てごわ》そうな門に近づいた。

一センチに満たない隙間《すきま》からは、庭の一部が見えるような見えないような……。

そんな僕の背後を、犬を連れた散歩の人が通る。

毛並みの良い大型犬が低く唸《うな》るのに振り向くと、その飼い主のあからさまに警戒した視線にぶつかった。

「あ…あの、僕はただ…花を――」

言い訳を口にしかけたが、途中で止《や》めた――こんな言い分、一体誰が信じてくれるだろう。

恥の意識に顔がカッと熱くなる。

ここで、僕はどうしようもなく不審者だ。

辛うじて『花盗人』という風流な単語を思いついたものの、実際のところ、庭に忍び入るどころか、覗き見ることさえ許されはしない。

肩を竦《すく》め、野の花を手にそそくさと歩き出す。

(……なにやってんだか)

不意にセンチメンタルな感情に支配された。この世のどこにも自分の居場所がない、そんな心細さにきゅっと胸が絞られる。

幼い頃、母に投げつけられた台詞《せりふ》が耳に甦《よみがえ》る。

『お前なんか産まなきゃよかった!』

それを振り切るかのように、僕は闇雲《やみくも》に足を速めた――と、そのときだった。

左半身にドン！　となにかが当たった。

態勢を整える間もなく、僕の細くて長いばかりの身体は地面に投げ出された。

数秒間、息が出来なかった。

先についたつもりだった右手が身体の下敷きになり、手首やそのあたりにツキンと鋭い痛みが走る。

どうにか呼吸が戻った。

地面に這い蹲《つくば》ったなりで僕は顔を上げ、ガレージから出ようとしていた自動車とぶつかったのを知った。

（お、ジャガー…だ）

濃緑色の自動車のフロントに、ネコ科のハンターが身構えていた。

僕が立ち上がろうとしていると、運転席の扉が開き、とろりとピアノのように磨かれた革靴が地面に下りてきた。

しかし、大丈夫ですか、とか、すみません、とか、通常ならこの場で与えられるべき言葉は与えられない。

ドライバーは通話中だった。

携帯電話をしっかりと顎《あご》に挟みつけたなりで手を差し出し、僕を起き上がらせる間もずっと電話の相手とぺらぺらと早口の英語でしゃべり続けた。

それでも、失礼だとは思わなかった——男は表情と仕草で僕を気づかい、平謝りに謝っていたからだった。

仕立てのいいスーツに身を包んだビジネスマンは、どうにか起き上がった僕の衣類から土埃をざっと払い、特に怪我《けが》がないのを見て取るや、ホッとした表情になった。

ポケットから飛び出した携帯電話も拾ってくれた。

それを手渡すや、顔の前に片手を立て、ごめんなさいと言うように何度も頭を下げてきた。

僕のほうも不注意だったのだ、謝られてばかりはフェアではない。そう言ってやりたかったが、たぶん難しい商談をしている男の耳を借りるのは無理そうだった。

大した怪我はない、気にしないでほしいという意味を込め、僕は首を左右に振った。

男は内ポケットを探り、手帳とペンを渡してきた——連絡先を書いてくれという意味なのは察しがつく。

とりあえず名前と住所、携帯電話のナンバーを書いたが、右手首はなにやら感覚がおかしくて、文字は力なくひょろひょろと流れた。

なんとか書ききった。

戻された手帳の記述を見て、男はうんうんと大きく頷《うなず》いた。

そのとき、僕は気づいた——長身で大層身なりがよく、おそらくはこの大きな家に住み、高

級車を運転する羽振り良さそうなこの男、実は僕と大して年が変わらないのかもしれない、と。

(サラリーマンじゃない、か)

勤め人にしては贅沢《ぜいたく》な感じがする。

ならば、事業主か。ＩＴ企業の社長なら、この若さでもアリかもしれない。投資家というセンも。

(取引先は外国……?)

電話はまだ終わりそうもなかった。

ぼやっと待っているのもなんだか間抜けだ。

僕はバイバイと手を振りながら、一歩二歩と歩き始めた。

「……あ」

花を踏みつけたのに気がついた。

せっかく摘んだ草花は、路上でちりぢりになっていた。今踏んだものはもちろん、僕の下敷きになってしまったものはとっくにダメだ。

がっかりしなかったと言えばウソになる。夜明け前からの散策の果て、やっと目と心にささやかな満足をくれた花だったから。

茫然《ぼうぜん》と見下ろす僕に代わり、男は比較的損傷の少ない一本を拾い上げた。

花の部分は無事だった。

茎を短くした上で渡してくるのかと思いきや、彼は長い腕を伸ばし、僕の耳にかかる髪の毛を掻《か》き撫《な》で――他人に触れられるのが苦手な僕は、思わず身を固くしていたが、彼はそれに構うことなく、露《あら》わにした耳の上にちょいとその花を挿してきた。

（え？）

顔を上げると、似合うとでも言うかのようににっこり笑いかけてくる。

反射的に微笑《ほほえ》み返しそうになってしまったが、男である自分がこんなことをされて嬉《うれ》しがるのは可笑《おか》しい。

仮に僕が女性だったにしても、初対面の男の行為としては馴《な》れ馴《な》れしすぎやしないだろうか。

（恥ずかしいことを……）

少し呆れて、今や真ん前に立つ男の顔をまっすぐに見上げた。

しかし、それは一秒と続かなかった。

顔を背けねばならなかったのは、僕のほうだった――男の曇りのない笑み、キラキラした瞳があんまり眩《まぶ》しかったからである。

全く…すこぶるつきの美男だった。

一応芸能界に属し、美麗な容姿を売り物にしている俳優やモデルを見慣れた僕をどぎまぎさせるほど、彼の目鼻立ちはくっきりと男らしく整っていた。

我知らず、僕はじりじりと後ずさった。

どうにか正視出来るほどの距離をとってから、小さくさようならと手を振った。

慌てて男は財布を探り、名刺を一枚引き出してきた。

差し出されたそれを受け取るや、僕は彼に背を向けて自分の住まいのある町へ——たぶん、そうだと思う方向へと足を踏み出した。

十数メートル歩いてから、なんとなく振り向いてみた。

彼はまだ電話を続けていたが、いまだ顔はこちらを向いていた。見えなくなるまで見送ってくれるつもりなのか。申し訳ないとまた片手を立て、一礼してくる。

僕はいいえとかぶりを振り、再び歩き始めた。

突き当たりまで来たとき、今一度振り向いた。男はやはり電話中だったが、今度は謝る仕草はなしで、バイバイと大きく手を振ってきた。

その快活そうな仕草は好ましかった。

角を曲がって、完全に男から自分の姿が見えなくなったとき、僕は腹の底から湧《わ》き出るような笑いの発作に襲われた。

線路脇の花を無性に欲したことから始まり、野花を手に高級住宅街を彷徨《さまよ》い、自動車に轢《ひ》かれかけ、スーツの美男に花を飾られた……ああ、なにもかもが日常からかけ離れている。

この偶然の連発！

舞台で上演されたわけではないのだ。

くっくと笑い出したところ、右脇腹の痛みに気づいた。足にも少々痛みがある。もっとも強い痛みがあるのは右手親指の付け根だ。

しかし、そんなことは今はどうでもいい。

僕は耳に花を挿したまま、あたかも精神的バランスを欠いた人間であるかのように、けらけらと笑いながら歩いた。


早朝の散歩から戻って数時間後、僕はアラームに起こされることなく目が覚めた。

心地好い疲労を纏《まと》ってベッドに潜り込んだのは午前八時、昼前にはアルバイト先に出かけられるよう目覚ましをセットしていた――が、しかし、僕を起こしたのは痛みだった。

転び方がよほど悪かったのだろう、身体のあちこちがなんだかおかしい。

地面に打ちつけた右脇腹や自動車に直接当たった膝の痛みには覚えはあるが、顎のそれがなににによるものかは思い出せなかった。

それにしても、最悪なのは右手である。

見れば、親指の付け根が紫色に染まり、そこから中指にかけての広範囲が不自然なほど膨れていた。

まるでバナナの房のような自分の手指をしげしげと見て、僕はその不様さに呆れた――これはもはや手と言えるものではない。

（……バイトは無理だな）

ギャルソンは皿を一度に四枚運ばねばならないし、この手で皿を洗うのは不可能だ。

せめて連絡を入れなければ…とサイドテーブルの充電器から携帯電話を取り上げたが、メインディスプレイに設定した画像を目にしたと思った途端に、どうしたものか、パッと光が飛び、弾《はじ》けた。

それっきり液晶画面は真っ暗なまま。

振ろうが、叩《たた》こうが、もはやうんともすんとも言ってくれない。

そろそろ取り替え時の古い機種だった。半年ほど前に故障で修理に出したときにも、機種変更を勧められていた。

「あら、ららら」

今朝の件で、地面に打ちつけたのがトドメになったのだろう。

溜息を吐くしかない。

他に連絡手段がない以上は、外に出て公衆電話を見つけるか、店に直接出向いて詫《わ》びるべきだというのは分かっていたが、身体を動かすのはいかにも大儀だ。

少し熱があるのかもしれない。

時間に現れないとなって、店側は僕に連絡をつけようとするだろうが、それを受信することすら出来ないわけだ。

（……無断欠勤ってクビだよな）

それを思っても、どうしても起き上がる気力が湧かない。

ここ数週間の寝不足のせいもある。

（今月はもう十日くらい働いたけど、その分のお金は貰《もら》えるかなぁ。まあ、貰えたところで、家賃でぎりぎりなんだけども……——）

光熱費や食費分はまだ稼いでいない。

ヤバイヤバイと思うのに、もう目は塞《ふさ》がりかけていた。

痛みと向かい合って絶望的気分に陥るよりは、眠ってしまったほうが楽と言えば楽だ。本当にどうしようもないとなったら、とにかく寝てしまうこと——これは、僕が幼少時に身に着けた自衛手段。

さて、上瞼《うわまぶた》と下瞼のわずかな隙間《すきま》から最後に見たものは、デスクの上に置いたガラスの皿だった。

耳の上に飾られていたピンクの花が、そこにぷかぷかと浮いている。

そして、完全に目を瞑《つむ》ったとき、僕は名刺に書かれていた名前を思い出した。

「遠山裕一郎《とおやまゆういちろう》…だってさ」

一般人の名前にしては大袈裟《おおげさ》すぎる。まるで一昔前に時代劇で活躍した役者のような名前だ。

肩書きは『株式会社ハッピー・ダイニング代表取締役社長』他、なにやら立派そうなものがずらっと並んでいた。

（顔映りのいいネクタイ締めて、ぺらぺらっと英語なんかしゃべってたっけ……）

僕の周りにはいない人種だ。

いい家に生まれ、申し分のない学歴を背負い、たぶん誰にでも誇れる仕事に就いている。自分の存在価値を疑ったことなんてきっとないに違いない。

眠りかけの頭で考えたのは、書きかけの芝居のことではなくて——恐れ多くも、かの青年実業家を脅迫してみたらどうかということだった。

（治療費と治療の間の生活費、それに慰謝料をプラスしたとして、三百万円…いや、五百万円を要求しよう。高過ぎるかな？　いやいや、社長なんだし……。もし拒否されたら——そうだ、フード業界みたいだから、扱う食べ物に毒を入れてやる、とか、毒が入っているって噂を流してやるって脅すのはどうかな？）

彼は当初は困惑し、やがては激怒するに違いない。あの出会いを悔やみ、僕を憎むようになるだろう……。

すでに一度見た困り切った表情をもう一度見られるかと思うと、なんだか背筋がゾクゾクしてきた。

怒った顔も見てみたい。きっと悪くないに違いない。

（あの顔はちょっと好きだな。眉はきりっとしているけれど、目尻《めじり》がやや下がり気味のところがお坊ちゃんっぽくて…さ）

好人物に悪さを仕掛ける危うい妄想にうっとりと酔い、僕は生温い眠りに取り巻かれていった…――。

次に目を覚ましたのは夕方だった。

いきなりの覚醒《かくせい》に面食らい、しばらくの間、ほぼ四角の天井を見上げていた。

とにかく、眠り足りたときのすっきりした目覚めではないし、トイレに行く必要に迫られたわけでもない。

なるほど肉体的な痛みはあったが、すでにそれには慣れつつある。

（え…と――）

こういう目覚め方をしたとき、少しして地震が起きることがある。周囲の人の感情には疎いほうだが、僕にはそういう動物的とも言える敏感さがあった。

二度寝せず、しばらく古いエアコンが冷気を吐き出す音を聞いていた。

地震は起こらなかった。

その代わりに、誰かがアパートの外階段を駆け上がる気配がしてきた。

振動で、窓ガラスがカタカタと震える――ここの住人ならば、安普請を慮《おもんぱか》って、出来るだけそっと足を運ぶところだが……。

来訪者の足音はだんだん近づいてきて、思いがけなくも、二階の三番目にある僕のドアのところで止まった。

ピンポーン！

まるっきり予期していなかったわけではなかったにせよ、鳴り響いた呼び鈴に、僕は思わず飛び上がってしまった。

ピンポン、ピンポン、ピンポーン！

アポなしの訪問客は執拗《しつよう》に鳴らしてくる。

新聞の勧誘か宗教だろうと見当はついたが、ベッドを抜けるきっかけとばかり、応じてみることにした――お断りの文句は用意済みだ。

「はい」

玄関先に出て行って、ドアを少しだけ開けた。

チェーンごしに対面したのは花束だった。ふんわりとセロファンにくるまれたピンクのバラが数十本。

視界がぱっと明るくなったのに、僕は目を瞬かせた。

（な…なに？）

バラの向こうには……ああ、間違いない、今朝の男が立っていた。あの名刺にプリントされていた、ご大層な名前――遠山裕一郎、その人だった。

（わざわざ訪ねてくるなんて、あ…あり得ない……！）

もう二度と会うことはあるまいと思っていた。

僕がなんとも言えないでいると、滑らかに彼は言った。

「今朝は大変失礼いたしました、遠山でございます」

「い…一度、閉めさせてください。チェーン外しますので……」

動作がぎこちなくなったのは、腫れている右手が使えないことよりも、むしろ予想もしなかった訪問に狼狽《うろた》えたせいだった。

ともかくも、僕はがちゃがちゃと左手だけでチェーンを外し、遠山氏を扉の内側に招き入れた。

今朝と変わらず仕立てのいいスーツにすらりと身を包んだ若社長は、幾分髪のセットは乱れていたが、最初の印象を上回る好青年に見えた。

「散らかってますけど…――」

部屋に上がるように勧めたものの、ここで…と礼儀正しく固辞されてしまった。

「これは今朝のお詫びです。コスモスの可憐さとはまた違いますが」

差し出された花束を左手で受け取った僕は、その甘ったるい香りに居心地の悪さを覚えた。

（花…か）

バラだろうとなんだろうと、これまで花をもらって嬉《うれ》しいと思ったことはない。

花を欲する男だと思われたことが気恥ずかしかった。

「べ…別に、気にしてくださらなくても……」

「気にしますよ。それから、電話が通じませんでしたので、やむなく突然の訪問となってしまったことも謝らせてください」

申し訳ございません、と再びきっちり頭を下げてくる。

「いいえ、それは……こっちの携帯が壊れちゃったもので……——」

「もしかして、あのときに？」

くっきりした二重瞼を大きく見開き、遠山氏は自分のしでかしたことを噛《か》み締めるかのように、首をゆるゆると左右に振った。

「いやあ、ホント申し訳なかったです」

「あまり…気にしないでください。いいんです。かなり古い機種で、ちょうど替え時だったんですから」

脅迫しようと考えたりもしたのに、その相手と面と向かった今、僕は彼になにかしてもらおうという気にはなれなかった。

あのとき、僕は前を見ていなかった。彼の自動車も勢いよく出てきたわけではない。

公平に見て、遠山氏にだけ過失のある事故ではなかった。

（償われることなんかないよ）

アルバイトに出られない困った事態に陥ったのは事実だが、誰のせいでもない、自分の不注意のせいだったというのは承知している。

過分な施しを受けるつもりはない。

そんな僕の頑《かたく》なさは届かず、彼は相変わらず丁寧に懺悔《ざんげ》の言葉を連ねてくる。

「いえいえ、弁償させていただきますよ。その他、なにか不都合はございませんか？　あんなふうに電話を続けたまま、充分に無事を確認せず、お帰ししてしまったことが気掛かりで……どこか痛くしたのではないですか？　後になって不具合が出ることもあるのですよ。どうか遠慮なくおっしゃってください」

僕はいえいえと首を振りながら、じりじりと後ずさった――背が高くて、身なりのよい彼を前にしていると、起き抜けのよれたシャツとジーンズ姿に引け目を感じずにはいられなかった。

ふと遠山氏が目を細めた。

「顎を打ちましたね。ここ、少し青くなってる……――」

伸びてきた腕を、咄嗟《とっさ》に右手で振り払う――殴られると思ったわけではないが、他人に触れるのは好きではないのだ。

結果、ひどいことになった。

「痛っ！」

叫んで、僕は痛む右手を胸に抱えた。

「うわ」

その手を目にするなり、遠山氏が声を上げた。

「なんだこりゃ！　すっげえ腫れてるじゃない！」

これまで礼儀正しかった言葉がいきなり崩れたのに、僕は顔を上げて、彼の顔をまじまじと見た——この張りのある肌はやはり同世代の男のもの。

くす、と笑いが込み上げた。

「笑いごとじゃないでしょ、これは。言ってくださいと言ったのに……もお」

遠山氏は自分が痛いかのように端整な顔を顰《しか》めている。

なんだか僕は愉快になってきた。

「バナナみたいでしょう？」

「……今からでも、冷やしたほうがいいよな」

そう低く呟《つぶや》くと、彼はおもむろに靴を脱いだ。

「氷はありますか？」

「氷？　そんなのは……——」

狭い部屋には、ベッドと本棚、パソコンデスクくらいしか物がない。キッチンも同様で、小さな冷蔵庫はドアが一つきりだ。

「あ……随分と、シンプルな暮らしぶりですね」

遠山氏の思わずの感想に、僕は今度こそ吹き出した。

このお粗末な生活空間をシンプルと表現してのけるとは……ああ、なんと行儀がいいのだろう。

笑った拍子に右脇腹に痛みが走った。

そこを手で押さえながらもくっくと笑う僕を振り返り、彼は不思議そうに目をぱちぱちさせた。

たっぷり三秒後、ゆっくりと、小声で問い掛けてきた。

「……も、もしかして――きみ、男だ？」

笑いを収め、目をぱちぱちさせるのは今度は僕の番だった。

「まさか、女…だと思ってました？」

「え…ええ」

あんまり素直に頷かれたものだから、僕はちょっとリアクションに困った。

女性に間違われるのはこれが初めてというわけではないが、二十五歳を過ぎてからはさすがにない。

手帳に書いた『麻木望』という名が紛らわしかったのだろうか。

先月の舞台からの長髪も原因の一つだったにせよ、僕は百七十五センチ、こんなのっぽの女性はあまりいない。もっとも、百八十五を超すだろう彼から見れば、それでも充分小柄に思えたのかもしれなかったが。

(花なんか持ってたから？)

こうした小道具が目の錯覚をもたらすことはままある。

「……二十六歳、男ですよ、僕」

「うん、今はちゃんとそう見える」

遠山氏はまいったなあと頭を掻《か》いて、セットした髪をぐちゃぐちゃにした。

「オレ、どうして間違えたんだろうな。いくら美形だからって、性別を間違うなんて……とんでもない。その…すみませんでした、麻木さん。自動車で轢きかけたこと、それから女性に間違えてしまったことも」

「はあ」

「ホント、失礼しました」

折り目正しく謝られたものの、僕の微妙な気持ちは収まらなかった。笑い飛ばしたものか、ふりだけでも怒ったものか。

思いついて、少し意地悪な質問をしてみる。

「もしかして、僕が男だと分かってたら、今ここにいなかった？」

「あ、いえ…そんなことはないですよ。ちゃんとお訪ねしたと思います。なかなか捕まらない難しい相手との商談中だったにしても、誠意ある対応ではなかった。救急車を呼ぶなり、警察を呼ぶなりしなければいけない場面だったと思いますから」

眉間《みけん》に皺《しわ》を寄せた分別臭い顔つきで彼は答えたが、言い終わると、ふっと自嘲《じちょう》ぎみに口元を歪《ゆが》ませた。

「その…まぁ、あなたが男性だと分かっていたら、その花束は持ってこなかったかもしれませんがね」

「花束は菓子折になった？」

「菓子のほうがよかったですかね。花、好きですか？」

「嫌いでは、ない…ですよ」

そう答えながら、ばっさり好きじゃないと切り捨てなかった自分が不思議だった。

「なら、よかった」

安堵《あんど》したとばかり、彼はニッと笑った――これはフォーマルではない笑顔だ。

白い丈夫そうな歯が零《こぼ》れる唇の右側のほうだけがやや上がり気味で、これがどことなく人を小馬鹿にしたような印象を作る。

だが、こういう微妙なアンバランスほど人の印象に残るものはない。たとえば、片方の眉毛だけを器用に上げるのが癖の、往年のハリウッド女優のように……。

軽く顎をしゃくって、遠山氏はからかうような口調で僕に言った。

「麻木さんには似合いますよ、ピンクのバラが」

人懐っこくキラキラと輝く瞳を目にし、僕は言い返そうとした言葉をごくりと飲み込んだ。

(……この人、たぶん女ったらしだ)

そんな遠山氏にぼんやり見とれながら、僕はこの男を使いたがるCMディレクターはさぞかし多いだろうと考えた。

芸能プロダクションからスカウトされたことも、彼の場合、一度や二度ではないはずだ。

(コマーシャルに使うのは勿体《もったい》ないな。僕なら――そうだ、現代のカサノヴァって設定はどうだろう。賭事《かけごと》や詐欺行為で儲《もう》けたお金をパーッと使う華やかさの一方で、本当に欲しいものが分からない虚《むな》しさを持て余す男。後半は、そんな彼に生きている実感をくれるような存在を出すとかね。たとえば盲目の少女、あるいは彼の魅力に屈しない冷ややかな未亡人とか……――)

喚起されてくる架空のストーリーに目眩《めまい》がしてきた。

いつしか食い入るように男の顔を見つめていたことに気づき、慌てて僕は頭をぶんぶんと振った――誤解されたら困るではないか。

しかし、見つめられることに慣れっこなのか、遠山氏のほうでは僕のいささか不躾《ぶしつけ》な視線を意に介したふうはなかった。

「麻木さん、病院に行きましょう」

彼は言った。

「行かなきゃダメですかね」

「ダメでしょう、その手は。もしかしたら骨折してますよ。利き手ですよね？」

「え、ええ」

「お仕事にも支障が出るわけですから、職場に診断書を提出することになるでしょうし、どっちみち一度は行かなきゃなりませんよ」

「仕事…かぁ」

「なにをなさってる、ほどのことはしていない。

なさってる、ほどのことはしていない。

脚本の執筆は、まだ仕事と言えるものではない。

大学卒業とともに劇団に入ってかれこれ五年、数本書き上げたうち、上演されたのはまだ一作。そのときは将来楽しみな新進作家として一部メディアに紹介されたが、続く二作目が出せていない。

勉強になるからと師匠に言われ、仕方なくやっているタレント業にしても、果たして仕事と言えるかどうか……。

生活費のほとんどは、アルバイトによって賄われている。

「フリーター…かなあ？」

質問に対する答えなのに、僕の台詞《せりふ》は自問する形となった。

「ああ」

遠山氏が軽く頷く。

「フリーターで、一人暮らし…ですか」

ざっと殺風景な部屋を見回す男に倣《なら》って、改めて僕は自分の部屋を眺めてみた——我ながら、なんと心許ない生活ぶりであることか。

(演劇やってる人間なんて、みんなこんなもんだと思うけどね。これだけで食ってけるヤツなんて、ほんの一握りだもの……)

それは事実だったが、胸がざわざわしてくるのは抑えられなかった。

確かに、劇団に所属する多くの若者は貧しい。

けれども、彼らはそれを苦にしない。素晴らしい舞台を作り上げることが出来るなら、ボロを纏《まと》うのも空腹も辞さない人種だ。

舞台人にとってもっとも大切なのは、間近な公演の成功である——注目を浴びる恍惚《こうこつ》感と共演者たちとの一体感に酔うこと。

それが終われば、また次の公演を目指す。

しかし、僕は違った。

貧乏は惨めだと思うし、未来が見えないことも不安だ。

早く一人前になりたい、好きなことで生活していけるようになりたいと焦っている。そして、僕の夢を鼻で笑った人たちを見返してやらねばならない。

(怪我なんかしている場合じゃなかったんだよ)

よりにもよって、利き手を痛めるとはついてないにもほどがある。

生活費が稼げないのも困るが、それよりも、しばらく原稿が思うように書けなくなるのは大きな痛手だった。

そんなこちらの事情は察しきれないはずなのに、責任感からか、遠山氏は思いがけない提案をしてきた。

「もし差し支えないようなら、わたしのところに来ますか？　いろいろと大変でしょうから、その…少し動かせるようになるまで、お世話させていただきたい。なに、わたしも男の一人暮らしですよ。遠慮はまったくいりません」

「えっ、そんな申し訳ないことは…——」

「じゃ、世話してくれる人がいるの？」

ストレートな問いに、ちょっとたじろいだ。

故郷の母親に頼る気はない。

何人かの知人が浮かんだが、部屋に入れるほど親しい人間はわずかに一人——同じ大学の出身で、一緒のオーディションで劇団に入った三上光平《みかみこうへい》。

とはいえ、彼は劇団『ボーダーライン』を背負って立つ看板タレントだ。

僕のように途切れがちに芸能活動をしているわけではない今、なにか頼もうにも、捕まるかどうかも分からない。

「いる？」

二度聞きされて、ようやっと白状する気になった。

「……いません」

「なら、いらっしゃいよ。決まりだ」

肩を竦め、従うしかなかった。

彼のてきぱきした指示通りに保険証を持ち、もらったばかりのバラの花束を抱いたなりで部屋を出た。

鍵《かぎ》は遠山氏が締めてくれた。

「さ、行きましょう」

その広い背中を追いかけようとしたとき、僕はハタと自分が財布すら持っていないことに気がついた——ここまで指示されたことだけとは間抜けである。

足を止めた僕に遠山氏が振り返る。

「どうしたの？」

「診察終わったら、一旦《いったん》ここ戻ってきますよね？」

「なんで？」

「あの…着替えとか、歯ブラシとか」

「そんなの、わたしのを着ればいい。歯ブラシは買い置きがありますよ。なに、お金なんかいりませんって」

遠山氏はさっさと階段を降りていく。

その振動に揺られながら、僕はまだ未練がましくアパートのドアを振り返っていたが、早く来なさいよと急《せ》き立てられた。

「ここらへん駐禁厳しそうだから」

そう言えばそうだ。

「自動車、どこに停《と》められたんです？」

「郵便局の前だよ」

それは大変、と慌てて僕は彼の背中を追いかけた。

今朝の屋敷がしばし同居する家ならば、行き来するのもそう苦ではないはず…と高を括《くく》って。

＊

西早稲田《にしわせだ》の整形外科医院で診察を受けてから、遠山氏の遅い昼食につき合い、彼の住居に到着したのはすっかり日が落ちてからだった。

思いがけなく、僕は重症だった。

親指の付け根が剝離《はくり》骨折も疑われる捻挫《ねんざ》で全治二週間、顎と左大腿部《ひだりだいたい》は打撲、右脇腹の肋《ろっ》骨《こっ》二本に小さなヒビが入っていた。

いかにスピードがなかろうと、生身の人間が自動車にぶつかったら、やはり無傷というわけにはいかないようだ。

それでも、僕は交通事故扱いを拒んだ。遠山氏はなかなか納得してくれなかったが、警察や保険会社の人と話すのが億劫だったからだ。

「笑ったり、咳《せき》をしたりすると痛むでしょう?」

医師に聞かれたが、僕としてはそれほどには感じない。

もともと痛みには鈍感なのだ。

「肋骨は固定できないから、とにかくちゃんとくっつくまでは安静にしてください。今夜は少し高い熱が出るかもしれませんよ。解熱剤出しておきますね」

右手を三角巾で吊《つ》った状態では、食事をするのはかなり不自由だった。

遠山氏は僕をしゃれたイタリアン・レストランに連れて行った。

彼の会社がプロデュースした店で、新鮮な野菜をあまり手を加えずに出すのをモットーとしているのだとか。

僕の状態を見て、外国人のシェフは出来る限りの工夫をしてくれた。

それでも、申し訳ないことに、途中から食べるのが面倒臭くなってきた。

目聡《めざと》く、遠山氏は気がついた。

「麻木さん、あんまり食べ物に興味なさそうなタイプですよね」

「……すいません」

「でも、これは美味《おい》しいから、食ってみてほしい。ほら、口開けて」

断りを言うのもまた面倒だった。

促されるがままに恥ずかしげもなく口を開け、小さな子どものように一口大に切った肉を食べさせてもらった。

「――……あ、美味いかも」

「でしょ？」

それをきっかけに、遠山氏は甲斐甲斐《かいがい》しく僕の面倒を見始めた。

僕の口にせっせと料理を運びながら言うことには、

「どうも、わたしは餌付《えづ》けが趣味で……拾った犬や猫は太らせずにいられないし、痩せた友人は食わせなきゃいけないような気持ちになる。うちの社員たちには、冗談めかして『社長はおかーちゃんみたいだ』って言われてますよ」

「お父さんじゃないんだ？」

思わず、僕は吹き出しそうになった――このイケメンを摑まえてなんてことを言うのだろう。

「ほら、母親ってのは子どもをせっせと餌付けして……ああ言いすぎかな？　とにかく、少しでも大きくしようとするじゃないですか。本能が命ずるままに、あれもこれもと食べさせて……――」

「餌付け…ね」

僕の母親に関して言えば、そういう本能は発揮されなかったようだ。再婚するまで彼女はほとんど料理をせず、僕は菓子パンやコンビニの弁当で育った。金を置いていってもらえないときは、食べないで済ますこともあったくらい。

「麻木さん、瘦せすぎですよ」

拾った生き物のように僕を太らせるつもりなのか、遠山氏は厳かに指摘してきた。

面目なくて、僕はぼそぼそと言った。

「食べ物関係のお仕事をされている人に言うのはどうかと思うんですが……僕、栄養のバランスとか、なにが身体にいいとか、正直面倒臭いんですよ。いっそ光合成が出来たらいいのになあと本気で思ったりするくらいで……」

「光合成？」

この単語を耳にするのは高校の生物以来かもしれないと言い、遠山氏は声を立てて笑い出した。

「光合成をするんなら、葉緑体を持たないと……だとすれば、肌の色は緑色になりますね。麻木さんは青いくらいの色白だから、うん、緑も似合うかもしれないね。かなり植物系な感じだ」

「それを言うなら、草食系男子ってやつでは？」

「いやいや……麻木さんは植物だよ。そう言われたことは？」

「サボテンみたいだと言われたことはあったかな」

「トゲがある？」

「いや、手間いらずって意味で……」

答えながら、僕は肩を竦めた——手間いらずは、居ても居なくても同じということ。

食べない、しゃべらない、笑わない。

変に母親を刺激しないように、いつしか身につけていた生活態度だ。

幼い頃、僕は透明人間になりたかった。

しかし、こういった省エネな身の処し方は、恋人だった人たちには甚《はなは》だ評判が悪かった。彼らはもっと生気のある人に心を移し、さようならも言わないで僕の前から去ったものだ。

僕が苦い思いを噛み締めているとは知るはずもなく、相変わらず快活そうに遠山氏は言う。

「わたしはトゲのある花は得意でね……コツは、手間を惜しまないこと」

「モテる男性って、マメですよね」

「携帯を打つ速さには自信ありますね」

　変な自慢をしてきた。

「それから、料理もね。おかーちゃんと呼ばれるくらいだから、もちろん得意ですよ」

「男性の手料理って、ポイント高いですよね。洗濯や掃除よりもずっと喜ばれる」

「そんなわけで、うちにいる間はしっかり食べさせますから。覚悟してね」

　僕は観念して首を竦めた。

「お手柔らかに……」

　しかし、遠山氏は決して無理強いはしなかった。

　僕の様子を窺《うかが》いながら、バランス良く食べさせる。この気の遣いっぷりが、彼のところの社員さんたちが言うところの『おかーちゃん』なのだろう。

　彼は主張する。

「食事と睡眠は生きる基本だと思うんです。この二つが満たされていれば、あまり困ったことにはならない」

「う…ん」

　諸手《もろて》を挙げて賛同、というわけにはいかなかった。

　遠山氏の考えは世間的には最もなことなのだろうが、僕自身に関して言えば、食事や睡眠を基本に置いた生活はしたことがない。それでも、さほど困った事態に陥ったことはなかったと思う。

食事を終えると、またしばらく自動車に揺られた。

カーラジオのニュースに耳を傾けつつ、遠山氏のリードで、僕たちはなんとなく基本的パーソナルデータを交換した。

「なに、麻木さんは首都ドーム完成の年に生まれたの？　わたしはそれよりひとつ上です」

「二十八歳？」

やはり同世代だった。

「そう、六月生まれだからね。双子座のO型ですよ。麻木さん、Aじゃない？」

「当たりです。A型で、射手座」

「僕らの相性は、そこそこ…ってとこかな。ずっと東京《とうきょう》？」

「いいえ、大学からこっちです。出身は仙台《せんだい》」

「大学はどこ？」

「N大の芸術学部です。映像の勉強を少し」

「映画好き？」

「まあ、嫌いじゃないですよ」

遠山氏は東京出身で、幼稚園からずっとK大。経済学部を卒業したという。留学先から戻って少しの間サラリーマンをし、今の会社を始めたとか。

僕たちの間に共通の知り合いは一人もいなかったが、最近観た映画は同じだった。ただし、僕は監督が好きで観たけれども、彼はセクシーな主演女優が目当てで。

「スポーツは？　わたしはずっとジャイアンツ・ファン」

「特にこれといって応援しているチームはないけれど、スポーツ観戦は結構好きですよ。オリンピックとかサッカーとか、わりと観てるほうですね」

「ワールドカップ、日本は惜しかったよなあ」

「あと一点入ればいね」

共通点がひとつ――二人とも、煙草《たばこ》を吸わないということ。

僕は煙を肺に入れられなくて吸い続けなかったが、遠山氏は料理の味がちゃんと分からなくなるというので止めたのだそう。

「自分が吸わなくなったら、一転、嫌煙家になりましたね。今じゃ、自分が関係するレストランは、全店禁煙にしたいくらい」

話は弾《はず》んだのか、弾まなかったのか……僕には判断つかなかったが、少なくとも僕のほうは少しも気詰まりにはならなかったし、彼の運転にも声音にも安定感を感じていた。

ランチの後に飲んだ痛み止めのお陰もあったかもしれない。

正直に言えば、なんとなくふわふわと楽しかった。自分が動かないでも、窓の景色が流れていくのも快適だ。

自動車が今朝の屋敷に向かっていないことに気づいたのは、間抜けなことに、街灯やネオンが灯《とも》り始めた有楽町《ゆうらくちょう》を通り抜けた頃だった。

遅ればせながら、僕は遠山氏に聞いた。

「お住まい、目白じゃないんですね？」

「もう、すぐそこですよ。銀座《ぎんざ》なんです。目白の屋敷は実家…というか、伯父の家です。昨夜ちょっとご機嫌伺いに寄ったら、なんやかやで引き止められ、あえなく朝の帰還になってしまって…――」

遠山氏は続けて、社長としては遅刻はまずいので、一緒に朝食を食べて行けと言われないよう早い時間に出かけたのだ…と説明をし始めたが、僕は途中から聞いていなかった。

（これじゃ、財布を取りに行けないや）

とはいっても、持っているのは二千円と小銭がいくらか。

先月、先々月と支払えなかったから、遅かれ早かれ、クレジット・カードの使用は止められてしまうだろう。

それらがないことで、どれだけの不自由に見舞われるのか、まだ具体的に想像は出来ないにせよ、おいそれと自分の部屋に帰ることも出来ないのを心細く思わずにはいられない。

なんとなく不安だ。

車窓の向こうへと目を眇《すが》め、僕はふうっと溜息を吐く――こんな繁華街に人が住めるような場所があるのだろうか、と。

不意に、遠山氏の声が耳に飛び込んできた。

「仙台と言えば牛タン、土産《みやげ》は『萩《はぎ》の月』が定番ですよね？」

まだ半分上の空で僕は答えた。

「……それも悪くはないけど、仙台はやっぱり笹《ささ》かまぼこですよ。それと、最近は気仙沼《けせんぬま》のふかひれラーメンもお薦めです」

「ふかひれラーメン？　そいつは美味しそうだなあ……——と、ここですよ。会社兼自宅です」

遠山氏が自動車を停めたのは、首都高手前の京橋《きょうばし》公園のすぐ側《そば》だった。

「自動車を置いて来ますから、ちょっと待っててくださいね」

僕は道端に下ろされたが、どのビルが遠山氏の会社兼自宅なのかは分からなかった。

今通ってきた昭和《しょうわ》通り沿いとは違い、比較的小さなビルがひしめき合っているエリアである。

古いビル、新しいビル、改装中のビルの側面にびっしりと並んでいる看板に目を走らせてみたが、もらった名刺の会社名『株式会社ハッピー・ダイニング』は見当たらなかった。

「こっち、こっちですよ」

戻ってきた遠山氏に背を押され、僕が向き合ったのは、いまだ建設中と思《おぼ》しきビルだった。

なるほど一階から二階までの窓に明かりはあったが、五階より上には壁が入っておらず、鉄筋が剝《む》き出しになっている。

「え、ここ？　入居に建設が間に合わなかったんですか？」

　僕が聞くと、遠山氏は例のフォーマルではない方の笑みを浮かべた。

「いや、このビルはずっとこうで……つまりね、建設途中で前の所有者が破産、完成されないまんま放置されていたのをうちが買い取ったわけなんです。ここらへんの小学生には、幽霊が出るのなんのと騒がれていたらしい。お陰で、かなり安く手に入れられた」

「そ…それは縁起が悪そうな…——」

　怖々と眺め上げる僕の肩を彼はポンと叩いた。

「なに、幽霊なんか出やしませんって。それに、縁起も悪くないかな。ここに移ってから、うちの業績はずっと上向きです」

「へえ」

「わたしは離婚したけども」

「う、う…ん、それは…——」

「自宅は四階ですよ」

　エレベーターの場所は確保されていたものの、設置はされておらず、赤い非常灯が灯る階段を上らねばならなかった。

　四階に到着すると、遠山氏はパチパチと全《すべ》てのスイッチを押して電気を点《つ》けた。

「しばらく適当にやっててください。ちょっと下を見てきます」

「僕のことは気にしないでいいですよ」

「いえいえ、ほんの一時間ほど」

下の階に降りていく遠山氏の足音を聞きながら、僕は彼が自宅として使っているという空間と向き合った。

玄関はない。

下の階と位置が同じトイレ以外は、だだっ広い空間を事務所用のパーテーションでいくつかに区切ってあるだけだ。

大きく北が住居スペースで、南側は庭代わりなのか、なにか植物を植えたプランターが並べられている。

主のいない居住空間を探検するのはプライバシーを侵害するようで気が引けたものの、これから半月ほどここで暮らすのだから…と僕は自分を励まし、足を進めた。

社長という身分に見合った豪華な家具は、椅子《いす》の一つも存在していなかった。

家具どころかタンスさえない有様である。

寝乱れたダブルサイズのベッドの脇に、スーツやシャツなどをかけた剝き出しのブティックハンガーが置かれ、靴箱やスニーカーはベッドの下に並べられている。

ハンガーの向こうには、ダイニングテーブルとパソコン・デスクを兼ねているらしい事務用の長テーブルに、一層味気ない折り畳み椅子が三つ。

テレビ台に至ってはビール箱という情けなさだ。

拘《こだわ》っているなぁと思われたのは、業務用らしいステンレスのキッチンといささか大きすぎる冷蔵庫。

しかしながら、そのすぐ傍《かたわ》らにバスタブが置いてあるのは感心しなかった。給水と排水がキッチンに繋《つな》いであるとすれば、これはこれで仕方がないのかもしれないが。

身なりが良く、いかにも仕事が出来そうな男の住まいがこんな間に合わせの空間なのは、驚きを通り越して、呆れ果てた気分になる。

とはいえ、男の一人暮らしがこれで成り立つのもまた事実だ。

(女性の手は……入ってない、みたい)

さすがに、ここへ女性を連れて来ることはないのだろう。

そう言えば、今さっき離婚したと聞いた。

慰謝料として、全てを妻だった女性に渡してしまい、当座の生活の場を手っ取り早く整えたというのが真相かもしれない。

僕はシンクにあった洗い桶《おけ》に水を満たし、ここまで抱えてきたバラの花束を解《ほど》いた。

茎を束ねていた輪ゴムから解放してやると、ピンクの蕾《つぼみ》がほっと息を吐くのを聞いた気がした。

それにつけても、あれほどの美男が花束を差し出す図の麗しさときたら——一流の俳優だって、ああも嫌味なく振る舞えるかどうか。

つくづく僕には勿体なかった。

受け取ったのが女性なら、彼に恋をするのは必然だったろうに……。

（ロマンチストな策略家、って？）

仕事はハード、生活はシンプルにキメていても、遠山氏は異性関係のほうで結構バタバタなのかもしれない。

離婚の原因は、聞くまでもない――もしかしたら、それが彼の唯一の綻《ほころ》びなのだ。

「ま、仕事ばっかりの男なんてつまらないけどね」

僕は窓のブラインドに指をかけた。

掌《てのひら》大の隙間に、ネオンに彩られた街の一部が切り取られる。

ここは本当に盛り場が近い――僕が住む学生街とも、今朝の高級住宅街とも違った街並み。

（ここで二週間も生活？　今日会ったばかりの人と？）

それを思うと、とても信じられなかった。

信じられなくても、利き手は包帯でぐるぐると固定され、歩くたびに脇腹がちくちくと痛むのは紛《まご》うことなき現実だ。

人生はたまさか滑稽《こっけい》な展開となる。

日々の生活には、辛《つら》さや苦しさ、退屈はつきものだが、それでも多くの人が生きることを諦《あきら》めないでいられるのは、時折ふっと思いも寄らない事態に出会うからだ。

銀座の片隅で、自分を自動車で轢きかけた同性としばし暮らすのは、かなりドラマチックと言えるだろう。

少なくとも、二十四時間前は、こんな事態になるなんて予想だにしていなかった。

＊＊＊

翌朝、株式会社ハッピー・ダイニングの社員たちに、社長の同居人として紹介された。

すでに昨夜のうちにいきさつを聞いていたらしく、彼らは三角巾で手を吊った怪我人然とした僕に同情の目を向け、不注意な社長を皮肉ってやんやと盛り上がった。

「うちの社長って男性を認知するのは遅いんですよ、麻木さん。許してあげてください」

「女性だと早いってところがイタイんだけどもー」

「お気の毒さまでしたね。でも、命にかかわるような怪我でなくてよかったです。とにかく、ここにいる間は食べるものには困りませんよ。社長をはじめ、みんな食いしん坊ですから」

社長はかなり親しみやすい存在のようだ。

遠山氏も若いけれど、社員のほとんどが二十代くらい。

女性社員も多い。

サイズの合わない遠山氏の服を着ているせいか、きっちりとスーツを着込んだ数人の男性に目がいくが、大多数がまったくラフな服装だ。

これは後で知ることになるのだけれど、若い会社ゆえに、営業は特に念入りにお堅く決めねばならないらしい。

ともかくも、朝礼のざっくばらんとした雰囲気は、劇団のそれと似ていないこともなかった。

社員たちが僕を好意的に受け入れたと見るや、遠山氏は満足そうに頷き、パンパンと手を叩いた。

「そんなわけで、怪我人には優しく！　ここにいる間は、麻木さんはわたしよりも格上ってことで、よろしく頼みますよ」

パフォーマンスなのか心意気なのか、彼は僕に社長椅子を譲り、自分はすぐ横に据えた円椅子に腰を下ろした。

そして、コーヒーを飲み飲み、小一時間ほどデスクワークに没頭――猛烈な勢いでキーボードを打ち、かかってきた電話を受け、書類に目を通し、また電話……そのめまぐるしさに、傍らにいる僕は圧倒されるばかりだった。

（デスクワークってこんな凄《すさ》まじいものかね）

実を言うと、僕は事務系の仕事をほとんど知らない。

コンビニのレジの他は、喫茶店やレストランでホール係をしてきただけなので、パソコンと電話と電卓で成り立つ業務はもの珍しいばかりだ。

遠山氏に渡されたコーヒーのフォルダーを手に、フロアの社員さんたちの仕事っぷりを観察した。

すべきことが分かっている人間の確実さで、彼らは淡々と業務をこなしていく。

（ええと、ここんちの主な仕事は――インターネットを通じて食品の注文を受け、それを各々の生産者に伝え、発送を指示するんだったよな）

昨夜、自分の会社について、遠山氏はそう簡単に説明してくれた。

モニターをチェックしながら、マイクつきのヘッドホンでなにやら話している人もいるけれど、内容はさっぱり聞こえず、キーボードを叩くカチャカチャという音ばかりが耳に入ってくる。

ざっと見ただけでは、誰がどういった仕事をしているかは分かり難い。

それでも、作業は前後左右、斜めに繋がり、彼ら全員でこの会社を動かしているのだというのは漠然と伝わってくる。

（あたかも一つの舞台を作り上げるように……？）

僕はやれやれと溜息を吐いた――みんなと目的を共有出来ないもどかしさは馴染《なじ》みのもので、僕はここでもいつものように傍観者だ。

虐待の後遺症なのだと思うが、僕は喜怒哀楽の幅が小さく、周りの人との共感が上手《うま》くない。

透明のガラスの箱に入っていることを意識しつつ、僕はコーヒーをずずっと啜《すす》った。

「あ…これ、美味いや」

苦みを覚悟していたのに、思いがけないほどコーヒーは美味だった。砂糖なしコーヒーを飲み慣れていなくてもかなり飲みやすいブレンドだ。

パソコンのモニターから視線を外すことなく、遠山氏が言った。

「それ、豆はモカなんですよ。そうは思えないでしょう？　ココナッツ・フレーバーを少しブレンドしてみたら、酸味がだいぶ抑えられた。うちのツウぶった連中は、この手のフレーバー・コーヒー類を邪道と言うけど、美味しいならオーケイじゃない。ねえ？」

「朝一番のコーヒーはいつも社長がいれるんですよね？」

「そう。それと、トイレ掃除も…――お、小豆島《しょうどしま》からのメールだ。なになに、オリーブが大豊作だって！」

遠山氏は立ち上がり、つかつかと一人の女性社員のところへ向かった。

彼女は喜びの声を上げた。

「では、早速現地に向かいますっ」

そそくさと外出準備を始める。

（まさか、これから小豆島へ……？）

商品は社員が必ず手に取り、味を確認するのがモットーだと聞いた。そのためなら全国津々浦々、海外に飛ぶのも辞さないのだ、と。

バッグを抱える彼女に、遠山氏が最後の確認をしている。

「サンプル品をもらって、写真もよろしく。農家さんには手土産忘れないでくれたまえ」

「了解ですっ」

見送るやいなや、今度は遠山氏が出かける時間になった。

同行者から声がかかる。

「社長、そろそろお支度を……」

「お、そうだな」

遠山氏は髪に櫛《くし》をざっと入れ、上着をさっと羽織った。

その仕草も鮮やかながら、もとがいいからだろう、一部の隙《すき》もなく身仕舞いを整えるのに一分もかからない。

細身のスーツが惚《ほ》れ惚《ぼ》れするほどよく似合う。後ろに撫《な》でつけた髪型もすっきり、ビジネスマン然としたスタイルだ。

「どちらへ?」

聞いてみた。

「とある銀行さんの屋上です」

遠山氏はにっこり——左右対称の営業スマイルで、申し分なく上品だ。そこにいかがわしさは微塵《みじん》もない。

「出来れば、そこを借りて、試験的に菜園をやってみたいと思ってましてね……不動産業者とビル管理会社とタッグ組んで、今日こそは担当役員をうんと言わせなきゃ」

「エコな試みですよね？」

「そう、エコです。地球温暖化にささやかながらの抵抗を試みつつ、働いている社員さんたちに憩いの場を提供、そして新鮮なハーブが都会で手軽に手に入るの相関図、悪くないでしょ」

うん、悪くない。

まったくの部外者ながら、この商談は画期的かつ面白い試みだと僕も思う。

「果たして、わたしが保守的な銀行を動かせるかどうか……ああ、ドキドキだ」

社長は胸を押さえてみせた。

頑張ってと言ってもいいものかと僕が迷っていると、秘書役を兼ねているらしい年かさの女性社員が言った。

「社長。気合いですよ、気合い！　でも、午後からはカタログの打ち合わせがありますから、必ず戻ってくださいよ」

スーツ着用の若手男性二名とともに、社長は颯爽《さっそう》と出かけていった。

残された僕は他にすることもなく、好きに使っていいと許可をもらったパソコンに向かう。

慣れない左手ではスムーズに入力も出来ないが、検索エンジンに指一本でちまちま入力、ともかくもこの会社についての基礎知識を得ることにした。

それによれば——、

創業からまだ五年ほどながら、年商は脅威の八十億円。

社員総数は四十数名。

そのフットワークの軽さで、業界に一大センセーションを巻き起こしたインターネットを媒介とした食品流通会社。

ハッピー・ダイニング社が掲げる「安全かつ低価格にして美味」というコンセプトは、多くの賛同者を得て、家庭からレストランへ、小規模有機農業従事者から海外の大規模農場へと需要の場と供給の場を大きく広げつつある。

もう一つの顔として、レストランやカフェのプロデュースをも手掛ける。そのために、大きく女性に門戸を開いた大幅な社員募集を謀る。

社長・遠山裕一郎氏のプロフィールも公開されていた。

弱冠二十八歳の青年実業家。東京都出身。

K大経済学部在学中は、イタリアン・レストラン、焼肉店、カフェ、ハンバーガー・ショップなど常に食品関係でアルバイト。趣味は料理とスノーボード、ダイビング。卒業後はハーバード・ビジネススクールに学び、外資系のコンサルティング会社に一年半勤めるも「どうもオレの居場所ではない気がする…」と辞表を提出、株式会社ハッピー・ダイニングを設立。

自他ともに認める食いしん坊、酒豪。

バツイチ。

食べることに無関心な僕の耳には入らなかっただけで、どうやら世間では株式会社ハッピー・ダイニングも遠山裕一郎氏も広く知られた存在のようだ。

社長の名前をさらに検索にかければ、いかに彼があちこちの会合に顔を出し、公演したり、対談したり、インタビューを受けたり……あるときは農家や酒蔵の手伝いをし、またあるときはヨーロッパにてジビエ料理に舌鼓を打ったりしているのがよく分かる。

著作は四冊。会社設立のノウハウ、経営について書いた実用書が一冊、雑誌の連載を纏めたグルメ関係が三冊。

そして、社のホームページからは、ほぼ毎日更新されている『社長の食いしん坊万歳』なるブログに行くことが出来る。

随分と忙しい会社であり、随分と慌ただしい社長のようだ。

（今が旬？）

とはいえ、昨夜はそう遅くもない午前一時の就寝だった。社長は時間の使い方が上手いのだろう。

昨夜――。

僕が密《ひそ》かに予測していたように、余分な寝具などは存在せず、ダブルベッドで男二人が並んで寝るハメとなった。

とはいえ、遠山氏はいびきをかかなかったし、寝相も悪くなかったと思う。

僕は不眠症予備軍と自己診断しているが、すやすやと鼻通りのいい寝息を立てる彼の傍らで、そう苦もなく眠りに就くことが出来た――痛み止めのお陰か、はたまた寝る前に少しだけ飲んだワインのせいもあったかもしれない。

夕飯が早かったので、夜食にクラッカーに載せたクリームチーズを囓《かじ》り、僕も少しだけワインをもらった。

かなり渋めの赤ワインには、のっぺりと甘いクリームチーズがよく合った。別に出された枝つきの干しぶどうも目新しかった。

軽い夜食が済んでから、遠山氏は器用な手つきで三角巾を外し、パジャマに着替えるのを手伝ってくれた。

最後には、歯まで磨いてくれた。

罪悪感もあろうが、彼はつくづくまめまめしい男だ。

その仕草がてきぱきとしているからか、基本的に他人に触れられることが苦手な僕が、ほとんど嫌悪感を抱かなかった。

僕をバスタブの縁に座らせ、遠山氏は僕の顔を大きな掌で包んだ。

「顎、痛くないかな？　いよいよ青くなってきたよ」

自分が痛そうな顔をするのが可笑しかった。

「僕としては、それほど痛くないんだけど……」

「さ、口開けて」

僕が口を大きく開けると、彼はなにやら鼻歌を歌いながらシャカシャカとリズミカルに歯を磨き始めた。

（……これ、「仕上げはおとーさぁん♪」だ）

ああ、と思った――彼には子どもがいる。

離婚したと言うから、今は離れて暮らしているのだろう。

すっかり磨いてもらってから、僕は複雑な気持ちを抱えつつうがいをした。

彼が子どもと暮らせないのと同じように、僕は父親のいない家で育った。それこそ父親に歯を磨いてもらったことなど一度もない。

「おや、ここにまだ歯磨き粉が…――」

僕の口元を指で拭《ぬぐ》い、ふっと遠山氏が真面目な顔つきになった。

てっきり一緒に暮らせない子どもについて聞かされるのだと思って、僕は身構えて待った
――が、彼が言うことには、

「麻木さんって、ヒゲ剃る必要あるの？」

「……ありますよ」

まじまじと見られると、さすがに気恥ずかしいものだ。

「成人男性が剃らないわけないじゃないですか」

「でも、毎日じゃなくてもよさそうだ。でしょ？」

「僕は薄いんで」

「で、睫毛《まつげ》はバッサバッサと長いのか……」

遠山氏はしみじみと僕の顔を見下ろし、唸った。

「うう…む、それでも、今はもう男にしか見えないんだよなあ。この頬骨の高さ、顎の骨の形は女のもんじゃないもの」

はあぁと残念そうに溜息を吐かれては、僕としては謝るしかない――女性でなくてごめんなさい、と。

「ねえ、どうして今朝は女性に見えちゃったんだろうね？」

「そんなこと、僕には分かりませんよ」

本人に聞くことではないだろうと思いながら、僕は意地悪く突っ込んでみた。

「願望がそう見せたんじゃないですかね？」

「つまり、ハプニング的なロマンスを所望してた、と？」

「違います？」

「う……かもしれない」

そうと認め、彼はかしかしと頭を掻いた。

「まったく出会いがないとは言えないんだけどね。でも…ね」

みなまで聞かずとも、僕にも分かる気がした——仕事が忙しいと、それ絡みでしか出会いがない。

どんなに迫られようと、社長としては社員に手を出すわけにはいかないし、取引先の女性とはもっと慎重にいかなければならないだろう。

（それにしたって、贅沢《ぜいたく》な悩みだよね）

あまり同情には値しない。

（いいな、まだ恋愛に夢があって）

僕はやれやれと溜息を吐いた。

最近、僕は恋愛から遠ざかっている——怖いのだ、人を好きになるのが。

僕の外見にも声はわりとかかるけれど、相手の関心を維持し、失望させないで済む方法が分からない。

僕を僕のままで愛してくれる人がベストだと思っても、今の僕のままではそれは望めないことのようだ。

相手が好きだと言ってくれて、なけなしの勇気を振り絞ってつき合い始めるのだが、数か月も経たないうちに相手が遠ざかっていくのをどうすることも出来ない。

そして、やっぱり僕は傷つく。

孤独を再確認する。

「なぜ溜息を？」

「あなたはさぞかしモテるんだろうな…と」

「ああ」

苦笑いして、遠山氏は広い肩をひょいとばかりに竦めた。

「だけど、いい気になっちゃいけないらしいね。一人の男が幸せに出来るのは、せいぜい一人の女性なんだって言うから」

「それ…、奥さんだった人が？」

否定しないまま、遠山氏は今度は自分の歯を磨き始めた。

僕の歯を磨いたときのような丁寧さはなくて、ガシガシとかなり力任せだった。

離婚は、彼にはかなり苦い挫折《ざせつ》経験だったのかもしれない。まだ傷口はじくじくとしているのだろう。

ふと僕は慰めてやりたいと思った。

どうして自分がそんなことをしようと思ったのかは分からない。

とにかく、普段の僕なら考えられない踏み込みだった——世話をしてくれたお礼の気持ちだったのか、ワインのせいか。

僕は立ち上がり、彼の角張った顎をそっと撫でた。

遠山氏が歯を磨く手を止めた。

彼は長身だけれど、僕だって短軀《たんく》とは言えない。少し伸び上がっただけで、歯磨き粉がついている唇にキスが出来る——キス、してしまった。

自分の行動に驚きつつも、遠山氏の驚愕《きょうがく》ぶりのほうが可笑しかった。

噎《む》せそうになりながら、彼は恐る恐る僕を見下ろした。

「……麻木さんって、そっちの人？」

「さて、どうでしょうね」

精一杯うそぶいた僕の顔を覗き込み、遠山氏は見透かそうとするかのように眉を寄せた。さらに首を傾《かし》げて、ううむ…と唸った。

分からないと投げ捨て、彼は悪戯《いたずら》っぽく笑った。

そして、僕の頬に素早くキスしてきた。

「オレにキスされるのは、どう？　嬉しい？」

一人称を「オレ」とされたことに僕は軽い感動を覚えた。

次の台詞を言う声は少し掠《かす》れた。

「もし…僕が嬉しがるようなら、あなたは会社のほうで寝なきゃなりませんよね？」

「え、それは困るなあ。下のソファの寝心地はイマイチなんですよ。とりあえず、怪我人なんだし、お行儀良く寝ることをご提案してみようと思うけど、どうかな？」

「両手は布団の上？」

僕が言うのに、遠山氏は目をくるりとさせた。

「そりゃどっかの全寮制男子校だ」

そして、僕たちはくっくと笑い合った。

誰かと笑い合うなんて、何年ぶりのことだったか。馴染んだ孤独や憂鬱《ゆううつ》、皮肉な気分さえ吹っ飛びかけた。

笑い納めてから、僕は自分の恋愛履歴をひそと告白した——つまり、初恋は小学校二年のときに隣の席だった女の子で、ずっと憧《あこが》れている人も女性だということ。

「なんだ、ノーマルなんじゃない」

ホッと彼が息を吐いたのを聞いたにもかかわらず、僕はちょっと露悪的な気分で付け足した。

「……なのに、言い寄ってくるのは男ばかりで」

「男性経験積んじゃった？」

ただ僕は肩を竦めた。

しかし、遠山氏は偏見のカケラすら見せなかった。

「オレもうっかり口説きそうになったからなあ……なんか惹《ひ》き寄せるフェロモンでも発しているんじゃない?」

「そんなつもりないけど」

「こう言ったら、失礼かもしれないけど、なんか、寂しそうなんだよね。悲しそうって言うのか。そういうの、男はなんとかしてやりたいって思うもんでしょ。自分が幸せにしてやろうとか、そんな義務感にかられてしまう」

「………」

そのとき、僕が飲み込んだ言葉——それなら最後まで責任取れよ。

中途半端に構っておいて、きみが理解出来ないとか、冷たいとか言って、結局去って行くのだったら、最初から関わって欲しくない。

小さいときから、冷たく無視されるのには慣れている。

愛されないことも。

歓迎されない者として幼児期を過ごした僕は、優しくされると、かえってどう振る舞っていいのか分からなくなる。

「ストレートのきみにしてみりゃ、迷惑な話だよね」

快活そうに、遠山氏は言った。

「しばし仲良く暮らしましょう、麻木さん」

「望でいいですよ」

「じゃ、よろしく。望くん」

「よろしくお願いします。お世話をおかけしますが、少なくとも、僕は幸せにしてくれなんて過分な要求は致しませんから」

「それは何より」

寝る前の一時にしたこれらの会話は、僕にしてみたら一か月——いや、半年分くらいの会話の量だったかもしれない。

そのお陰もあって、僕と彼はずっと以前からの知り合いだったかのように打ち解けた。

同じベッドで眠る抵抗もいつしか消えていた。

もっとも——朝になり、肩を並べて目覚めたときの違和感ときたら、また二人して笑うしかなかったが。

「麻木《あさぎ》さん、おやついかが？」

女性社員に話しかけられ、僕はハッと顔を上げた。

「これ、青山《あおやま》のレストラン『イルクォーレ』が、秋のウェディングのために考えたチョコ菓子なんです。ご試食お願いします」

「は、はあ」

渡されたピンクのハート・チョコレートを摘《つま》み、僕はためつすがめつする——世間では結婚式でこんなものを食べるのか、と。

「お飲み物お持ちしましょうか？　コーヒーに紅茶、昆布茶に薬草茶まで、たぶん大体のが揃《そろ》ってますよ」

「では、コーヒーを」

「今朝の配合はよかったですよね。社長の舌は信頼出来るけど、たまーにチャレンジャーなブレンドにするから油断ならないんですよ。わたしもコーヒーもらおっと」

間もなく、紙コップをセットした新しいフォルダーが届けられた。

「お、社長のプロフィールですね」

女性社員はパソコン画面を覗《のぞ》き込んで、くすっと笑った。

「面白い人でしょ、うちの社長。パッと見には堅そうなんだけど、バタバタと忙《せわ》しない人で……」

「慌ただしさが見えないのは育ちの良さですかね」

「社長は、お坊ちゃま…なんでしょうね。家事全般任せておけって感じですけど。料理とか掃除とか、とってもマメ。イケメンの皮を被《かぶ》ったオバチャンかと思うわ」

「今朝は、おむすびと実沢山の味噌《みそ》汁が出ました」

「あらぁ、羨《うらや》ましい。美味《おい》しかったでしょ。お米だけじゃなくて、味噌や塩にもこだわってますもんね」

「ええ、驚きました」

本当に驚いた。

昨日のイタリアン・レストランも悪くなかったが、遠山《とおやま》氏が用意してくれたシンプルな食事のほうが素材の良さがよく分かったし、僕の好みにも近かった。

別の方からも声がかかった。

「チョコ菓子はどうでした?」

エプロンをつけた男性だ。

「え…えと、ちょっと僕には甘すぎます」

「そうなんですよねー。いくら新婚さんのイメージで甘くするにしても、食べるのは大人なんだし、これ、糖度高過ぎですよね。やっぱシェフに意見しないとな」

「あとね、形に工夫がないと思うわよ」

そんな指摘も。

「包装に工夫を凝らすんで、敢《あ》えて中は期待通りに…ってプランなんですが——」

その午前中、社長によろしくと頼まれたからかなんなのか、代わる代わる社員さんたちが僕と会話をしにやってきた。

おしゃべりは得意ではないけれど、飲み物の心配をしてもらえるのは有り難かったし、試食だ見本だとお菓子などが次々と差し出されるのは興味深かった。

典型的なデスクワークの職場ではないらしい。むしろ、クリエイティブな……？

退屈を感じている間はなかった。

トドメに、少し年かさの遠山氏の秘書役を務めている女性が、見事な大根を抱えてやってきた。

野菜を抱えて言うことには、

「麻木さんって、なーんか見たことあるような気がするのよねえ。でも、こんな美形さんだったら、どこで見たとか覚えてそうなもんだけど……」

「社長はかっこいいっすけど、麻木さんはきれい系っすよね」

「うーん、引っかかるなあ……」

ここにいる誰かが、僕を見かけたことがあってもおかしくはない。

ＣＭにはちょいちょい出ているし、大根——今まさに彼女が抱えている——と評されるほどの演技力でもって、ドラマなどのエキストラの仕事をすることもある。

昼近くなって、遠山氏は部下とともに戻ってきた。

机の上を菓子や他の食べ物に占拠されてしまっているのを見るや、彼はネクタイを緩めながら爆笑した。

「すごいお供えじゃないの、望《のぞみ》くん」

「お供えって……仏像や地蔵じゃあるまいし」

僕が生温い笑いを浮かべたときだった。

くだんの秘書役の女性社員がポンと掌《てのひら》に拳《こぶし》を打ちつけた。

「麻木さん、編み物の本――えっと『彼に編もうよラブ・セーター』に出てたでしょ？　わたし、あれ持ってたのよ！　三上《みかみ》くんたちと一緒にポーズとってたわよね？」

「あ、ああ」

それは、四年以上前の仕事だった。

容姿だけを買われ、友人の三上とともに劇団のパフォ集団『エッジ』に名を連ねていた頃だ。他のメンバーたちとそういう企画本に載ったことがある。

しかし、注目を集めたのは僕ではなく、目聡《めざと》く指摘した彼女のほうだった。

「中村《なかむら》さ〜ん。だーれに編んだの、ラブ・セーター？」

「え？」

「編んだんでしょ、このこの〜」

僕は『エッジ』にいたことを詮索《せんさく》されずに済んでホッとした。

歌えない、踊れない僕が彼らの中にいたのは、僕としても苦々しい思い出――まるで晒《さら》し者のようだったのだ。

遠山氏が言った。

「フリーターじゃなかったんだ。んー？」

「フリーターですよ、今は」

こともなげに僕は答えた。

タレントとしては三流以下、脚本家としてもダメかもしれない。自分をそれ以上の者に見せようという気はなかった。


昼食は上の遠山氏の自宅のほうで食べた。

上首尾に終わった仕事は、疲れを引き摺《ず》らないものなのかもしれない。

ビルの屋上に作る農園の構想を楽しげに語りながら、彼は手早くサンドイッチを作った。

フロアの南側に並べてあるプランターのルッコラと生ハムを挟んだもの、きゅうりとサーモンを挟んだものの二種類だ。

きゅうりは宮崎《みやざき》の農家からサンプルとして送られてきたものだそうで、パリパリとしてとても美味しかった。

「残りは味噌をつけて食べましょう。味噌は社員の手作りのがある。手前味噌ってね」

「素人が作れるものですか？」

「手間を楽しめるなら、大抵のもんは作れますよ。うちの社員には、豆腐作ったり、うどん打ったり……ああ、天然酵母が恋人だってうっとりするヤツまでいる」

「みなさん、お元気ですよね」

あっさりと社長は答えた。

「それは食うから」

「なるほど。僕は仲間になれそうもないや」

「どうして？」

「光合成」

「ああ」

彼はくすっと笑った。

「あの話は面白かったな。でも、実現は不可能だ。人間を超えたものになってしまいますね。まあ、食べる量は少ないのかもしれないけど、きみだって口から栄養をとらないわけにはいかないんだから、自分で思っているよりも食への執着はあるはずだよ」

「不味《まず》い・美味《うま》いくらいは分かりますけど……」

「このきゅうりは美味い。ね？」

僕はこっくりする。

「生ハムはちょっとしょっぱい。どう？」

「僕もしょっぱく感じます」

「オーケイ。こうして向かい合って同じものを食べてるんだから、少なくともオレときみは仲間だよね。今朝なんか、文字通り、同じ釜《かま》のメシを食ったわけだし」

微笑《ほほえ》みを浮かべた整った顔立ちに、明るい光を宿した瞳……ああ、どうして逆らうことが出来るだろう。

僕は頷《うなず》かないわけにはいかなかった。

（社長の…カリスマ？）

引き摺《ず》られていると思いつつも、仲間だと言われたことは悪くない気分だった。もちろん、彼みたいな男は、酒場で隣り合わせて座っただけの人にも同じことを言うだろうと想像はつくけれども。

「これ食べ終わったら、望くんは少し寝なさいよ。食事と同じくらい睡眠も大事だから。身体を充分に休めれば、怪我《けが》の治りは違うと思うよ」

気遣われるのは嬉《うれ》しい。

「空調はどうかな？　もし効き過ぎているようなら、窓を開けるとかしてください。ここの大型空調は、どうも微妙な調整が出来なくてね……」

午後も遠山氏は出かけて行き、僕は薬を飲んで昼寝をすることにした。

自分の匂いがまだ移っていない遠山氏の匂いばかりがするベッドに身を横たえたが、嫌悪感はなく、むしろ彼を身近に感じて安らかな気分になった。

(昨夜は一緒に寝たんだっけ)

その事実が忽然《こつぜん》と意味のあることに思えてきた。

彼を慕う人間は多いのだろうが、彼のベッドを使うのを許された人間は少ないに違いない。

もしかしたら、僕だけかもしれない。

(ここにいていいと言ったのは、彼だから…ね)

許されて僕はここにいる。

存在するのに、存在しないふりはしなくてもいい——僕はそれが得意だけれど、悲しみや悔しさがなかったわけではなかった。

安心したせいなのか、たぶん痛み止めのせいだろう、僕はあっさり眠気を摑《つか》まえた。


午前中は仕事場にお邪魔して、午後は昼寝をする、というのが、何日かの僕の療養生活のパターンだった。

夕方六時半くらいに遠山氏と一緒に夕飯を食べて、彼のほうはその後も仕事に戻ったり、接待に出たりする。

彼が再び戻ってくる深夜まで、僕は一人で、部屋にある雑誌や本を捲《めく》ったり、テレビやDV

Dを楽しんだ。

思えば、ここ半年かそこら、自分が書きたいと思っているキャラクターやシーンに、きちんと向き合う時間を持てていなかった。

生活のために労働し、その合間で焦りながら執筆をしていると、時間的にも精神的にもカツカツになってしまう。

いい休暇だと思えばいいのかもしれない。

遠山氏のコレクションにあったウディ・アレン監督作の映画の一本が刺激になって、新しいストーリーが忽然と頭の中に浮かび上がってきた。

すぐに書きたいと思った。

しかし、まだ右手は腫《は》れている。

書きたい書きたいと思いながら、ウディ・アレンに続き、ヒッチコック、キューブリック、ポランスキー、フランシス・コッポラなどの映画を立て続けに観た。

キューブリックのどこか斜《はす》に構えたキャラクターも気に入ったし、モランスキーのやるせない雰囲気も悪くない。

コッポラはスケールが違う。

もともと映画は好きでよく観ていたほうだが、スクリーンの中で展開するストーリーやキャラクターを現実世界と比較するという発想はしたことがなかった。

特に、ウディ・アレンやヒッチコックに出てくるキャラクターは、僕の知っている誰かを思わせた――劇団の人間やバイト先の同僚、そして最近知り合ったハッピー・ダイニングの社員に。良いとか悪いとかではなくて、どんなふうに笑い、泣くのか、話し方のくせや、集団の中での立ち位置……そういった表面的な動きから、台詞《せりふ》なしでも、その人独自の思考が垣間見《かいまみ》える。するとと、そのキャラクターだからこその事件が、自然発生的に起きることにも気づかされないわけにはいかなかった。

（それなら、僕が遠山氏に出会ったことも、必然的に……？）

人間は面白いものかもしれない。

ストーリーよりも、まずは人間ありきなのではないだろうか。奇抜な事件のはずなのに、キャラクターによっては、奇抜に思わせることなく物語が進むこともある。

僕はなにかを摑みつつあった。

株式会社ハッピー・ダイニングは隔週の週休二日制で、今週の休日は日曜日のみ。

土曜の晩が接待で遅かった遠山氏は、一日中ぐったり寝ているだろうと思ったのに、いつもの時間に起き出した。

プランターに水をやり、今日は僕と自分のためだけにコーヒーをいれた。

朝食の席では、ドライブしようと言ってきた。

「運転、疲れないの？」

「気分転換になるからさ、景色が変わると。変にゆっくりしてしまうと、かえって調子が悪くなるんですよ。きみの調子はどうかな？」

「僕は座っているだけだから、問題ないです」

自動車を走らせ、静岡《しずおか》の農家を訪ねた。

今年のみかんの出来をおよそ確認してから、漁港に下り、クラムチャウダーとフィッシュ＆チップスを食べた。

帰りは彼が出資した横浜《よこはま》港近くのレストランに立ち寄って、帳簿をチェックしながらのディナー、新メニューの試食もした。

シェフは美しい女性で、遠山氏を見つめる瞳には愛と信頼があった。なんとなく僕にも分かった。

決して鈍感ではない遠山氏にはとっくに分かっているだろうと思いながらも、帰りの車中で、少し冗談めかして指摘してみた。

「彼女が、わたしを？」

遠山氏は目をくるりとさせてみせたが、やがて認めた。

「うん、そうだね……わたしが口説けば、すぐにつき合うことになるだろうね。だけど、そうしなければならないと決めたら、男はいくらでも鈍感なふりをし続けるべきだと思うんですよ。

彼女の仕事の邪魔はしたくないからね」

「恋愛は仕事の邪魔になる、と？」

「女の人の場合、多くはそうなってしまう。そして、チャンスを逃したと後から恨まれるんじゃ……残念だし、切ないよ」

「経験が少ない僕には分からないな」

「そう？　鈍感なふりが得意なだけじゃない？」

「もともと僕は鈍感ですよ」

「鈍感だったら、うちのオフィスで、邪魔にならないように振る舞うことは出来ないと思うな」

「邪魔になってないなら、嬉しいです。僕には居心地がいいんだけど、所詮《しょせん》は部外者だから」

僕を振り返らないまま、遠山氏はにっこりして嬉しがらせを言った。

「大丈夫、きみは好かれてるよ」

湾岸線をぐるりと走り、お台場《だいば》のほうまで遠回りして、テーマパークで打ち上げられる花火を眺めた。

花火の後の東京《とうきょう》湾は一段と静かになり、遠くのネオンが暗い空を滲《にじ》ませている様子、橋や港にぽつぽつと灯《とも》された明かりの瞬きはロマンティックだ。

もしかしたら、これは遠山氏の定番のデートコースなのかもしれない。

花束をプレゼントされ、レストランで美味しい食事をした後、こんな場所をドライブするとしたら、女性はもう堪らないだろう。

なんだか僕の胸もいっぱいになってくる。

上京して以来、ずっとあくせくアルバイトをするばかりで、こういう場所があることを知らずにきた。

それに、なによりも、遠山氏は一緒にいて安心な相手だ。

恋人気取りでいつ逆ギレするか分からない男や、僕のほうがエスコートしなければならない女性と一緒にいる緊張感はない。

六日間彼と一緒に暮らしたけれど、遠山氏は僕を傷つけるどころか、生活の面倒をきっちりと見てくれた。

誰かと二人っきりで、これほど僕がリラックスしていることは生まれて初めてのことかもしれない。

僕が被害者で、その分だけ優位な立場にいるせいもあるだろう。嫌われるのではないかという怖れを抱かずに済んでいた。

しかし、今日は貴重な休日、遠山氏にはデートに誘えるような女性もいただろうに、相手が僕というのがなんだか申し訳ない——助手席を温めたのが男ですみません、とそんな気分になってくる。

僕はとても楽しかったが、彼のほうはどうだろう。

「……夜景が、やけーにキレイ」

ダジャレを言ったのは、彼に対する自分の好意がくすぐったかったからかもしれない。

遠山氏はぷっと吹き出した。

しばらくして、こう返してきた。

「ヘルシーな食事は腹がへるしー」

「！」

僕たちはくっくと笑った――こんな他愛のない小学生みたいに稚拙なやりとりが、やたらと愉快に感じられる。

笑い納めて、彼が言った。

「ちょっと小腹が空《す》かない？　どこかでラーメンでも食べて帰ろう」

「食べるの手伝ってくれるなら」

「もちろん」

まっすぐ銀座《ぎんざ》に戻らず、日本橋《にほんばし》の煮干し出汁《だし》のラーメン屋に立ち寄った。

僕の食事の介助をしながら、彼がしみじみと言った。

「……今日、とても楽しかったよ。休日を満喫したなあ」

恋人と一緒ならもっとよかったのでは？　とは、やっぱり僕は口にしなかった。

楽しさは、たぶん彼より僕のほうが大きい。この楽しい気持ちを、揚げ足取りのような言葉を吐くことで、少しでも損なうのが嫌だったのだ。

「きれいに微笑むね、望くん」

「そ…そうかな」

「本当は、そう無口でもないんだね。黙っているほうが利口だと誰かに教えられた？　その気になれば、きみは結構いろんなことを話してくれる」

「あなたが会話を引き出すのが上手《うま》いんですよ」

「オレたちの同居生活は悪くないよね？」

もちろん、悪くない。

とんでもないことを僕はしみじみと言った。

「あなたの車に轢《ひ》かれて良かったな」

「怪我をしたのに？」

「これがなかったら、今ここに僕はいないです。ハッピー・ダイニング社の社長とご飯を食べたり、下らないことを言ったり、そういうことはなかったんですよ」

遠山氏が高らかに笑う。

その頬骨《ほおぼね》の高い男らしい顔立ちを、僕は羨ましく——いや、ほとんど純粋に好ましく眺めた。

（こういう人は、生まれてこなきゃ良かったなんて、一度も思ったことないんだろうな）

明けて月曜日。

休日に遠出をした疲れはないようで、遠山氏はいつもと変わらず、朝から出たり入ったり忙《せわ》しくしている。

僕は――少し、発熱。

昼食後にベッドに入って、ようやっと目を覚ましたのは午後も随分遅くなってからだった。

ブラインドから夕方のオレンジ色の陽光が漏れ、床やシーツ、たぶん僕の上にも明るい縞模様を作っている。

ベッドサイドの時計を見ると、もう午後六時になろうとしていた。

かなり寝惚《ねぼ》けていた僕は、バイトに行きそびれた…と慌てて起き上がり、脇腹《わきばら》にツッと走った痛みに目を見開いた。

（そうだ、ヒビが……！）

目をぱちぱちさせ、この一週間、僕の住処《すみか》になっている遠山氏の自宅フロアを確認する。

目白《めじろ》の高級住宅街で自動車事故に遭い、ここへ連れて来られ、一日一日が過ぎていったことを頭の中に巻き戻していく。

「ああ」

呻《うめ》いたのは、豊島《とし ま》区の外れにある自分のアパートが、ひどく遠い場所であるかのように感じられたからだった。

それから――、

(なんか、人間みたいに暮らしているよ)

食べて、寝て、問いかけに答えている自分。

笑うことも少なくない。

持ち上げた腕は相変わらず細く、静脈が透けて見える僕の見慣れたそれに変わりないのが、変わりないということがいっそ不思議なくらいだった。

不意に、ザーザーと水が流れる音がし始めた。

「……遠山さん?」

パーテーションの向こう側へ出て行くと、キッチン横に置いてあるバスタブの中に立ち、シャンプーしている男の後ろ姿があった。

肩幅が広くて、高い位置の腰にまで下る逆三角形のラインが男らしい。水滴を伝わせる背筋の波も雄々しいばかりだ。

僕はしばし見とれた後で、たじろぎ、パーテーションの陰に引っ込みかけた――が、自分のそんな女子高生のような反応に戸惑った。

(男同士で同居してたら、この程度のニアミスなんてしょっちゅうじゃないか)

まるで気にしていない態度を装って、僕は冷蔵庫の前に立った。

麦茶のピッチャーを取り出す仕草にわざとらしさはなかったと思う。

その実、僕はかなり意識していて、息苦しいほどだった。大根役者と呼ばれたこともある僕としては精一杯の演技だ。

麦茶をごくごくと飲んで、遠山氏を振り返る。

「夕方のシャワー、いいですよね。外、暑かったですか？」

頭からシャワーを浴び、ガシガシと頭を流しながら彼は答えた。

「暑かったですよ、今日は三十七度だって。もはや微熱だよ。……自宅と事務所がくっついていると、こういう特権があるわけですよ。さっぱりしたら、もう一頑張りしようって気にもなるし」

「気持ち良さそう。僕も浴びたいなあ」

「お、どうぞそうなさいよ。でも、熱は？　下がってる？」

「おかげさまで、今はもう……よく眠ったから」

「うん、ぐっすり寝てたね。怪我人に、昨日のドライブは長すぎたよね。ごめんなさい」

「やだな、気にしないでください。栄養が取れてるせいか、回復も早いし……」

遠山氏は蛇口を捻《ひね》ってシャワーを止め、バスタオルで身体を拭《ふ》きながらバスタブから出てきた。

すぐに衣服を身に着ける気にならないらしく、タオルを腰に巻く。

「次どうぞ」

「麦茶、ここに注いでおきました」

「ありがとう」

僕は三角巾を頭に潜らせて外し、くるくると包帯を外した。

腫れはすっかり引いたものの、親指の付け根は紫色と黄色の醜いまだらになっている。もう痛みはさほどではないのに、見た目は無惨だ。

服を脱ぐのはそれほど困難ではない。

遠山氏のサイズは僕にはもともと大きすぎるので、シャツの腕を抜くのは楽だし、ベルトを緩めただけで、ジーンズは足首まですとんと落ちる。

僕は彼の視線を目いっぱい意識していたが、必死に気にしていないふうを装い、手早く素っ裸になった。

バスタブの縁を跨《また》ぐ。

後ろから、遠山氏が言った。

「やっぱり酷《ひど》い怪我をさせちゃったんだね……あちこち、まだらだよ。膝《ひざ》のところなんか一帯が紫色だ。タレントなのに……これじゃ……——」

「それは、全然」

僕は首を横に振った。

もともとタレント志望ではないし、ここ最近は、二作目を書くのに集中したいと言って。そちらの仕事は減らしてもらっていた。

「見かけは派手だけど、あんまり痛くないですから。階段を降りるとき、この脇のあたりがちょっと響く程度で……」

「ああ、そこはヒビが入っているから」

蛇口を捻った。

ざっと全身に浴びてから、スポンジにシャワーソープを泡立てた。片手だけに動きは限定されるが、これにもだいぶ慣れてきた。

「背中を洗うのを手伝おう」

断る間もなく、遠山氏が近づいてきた。

僕のぎこちない左手からスポンジを奪うと、首から肩、背中を擦《こす》っていく……。

緊張してしまう――もともと僕は、人に触れられるのが好きではない。

逞《たくま》しい身体を持つ遠山氏に対し、いくらかのコンプレックスも感じていた。

彼は僕のごつごつと痩《や》せた身体をどう思うだろう。貧相だと思うに違いない。僕の青白い肌や体毛の薄い身体については？

腰から足へ。

「前向いて」

「前はいいですよ」

「ま、ついでだから」

また首筋から、鎖骨、胸へとスポンジが這《は》っていく。

二の腕から手先、そしてまた前に。

「へそ、縦長だね」

「しみじみ見ないでくださいよ」

「いやあ、よく出来ているなあと思って」

「なにが?」

「なにもかもが」

さすがに股間《こかん》は避けて、太股《ふともも》から膝、膝から足先まで……。

「はい、残りは自分で」

スポンジを手渡された。

僕は彼に背を向けて、素早く機械的に洗った。

「さ、頭も洗っちゃおう」

「大丈夫ですよ、もう。なんとかやれますから」

「人に髪を触られるのは嫌かい?」

「……」

嫌だ、とは即答出来なかった。

嫌だけど、嫌ではない——遠山氏なら、さほど嫌ではないのだ。

彼の大きな掌がさりげなく肌に触れるたび、その大きさ、温かさを心地好く感じる自分にもう気づいている。

(僕は人に飢えてるんだろうか……?)

最後に誰かに触れられたのはいつだったか。

——真冬だった。

(三上…いや、その後すぐに高倉《たかくら》さんに誘われて……。それで、僕は劇団を辞めようとしたんだった。でも、栗山《くりやま》先生は…——)

ベテラン俳優の高倉理一郎《りいちろう》氏は、高名な脚本家にして劇団『ボーダーライン』の主宰である栗山先生の旦那《だんな》さんだ。

ときどき奥さんが率いる劇団に演技指導にやってくる。

この日本で五指に入る名優と言われる男性が、男女どちらでもいけるというのは業界ではよく知られた話だった。

僕は彼の誘いを断らなかった。

僕はずっと栗山先生に憧《あこが》れてきた——その、彼女の夫から誘惑されたのだ。

好きな女性を常日頃抱いている男性に抱かれることは、代償行為でしかないと分かっていたけれど、僕はそれでもいいと思ってしまう気持ちに抗《あらが》えなかった。

たおやかな男装の麗人――栗山先生を抱けないなら、いっそ彼女になりたいと思うのは変だろうか。

高倉氏の囁《ささや》きがまだ耳の奥にある。

『きみみたいな淡泊そうな子が、実は快感に弱いんだよ』

覚えている――僕の身体を縦横無尽に弄《もてあそ》んだ手の感触を。

『ああ……いけないなあ、せっかくの身体を使わないのは。本能に従っても、誰もきみを非難したりしないのに』

『わたしを好きになってくれるだろう？　な、また会おう。な？』

結果、僕は良心に苦しめられることになった。

何もやましいことはありませんという顔で、栗山先生の教えを受けることは出来ないと思った。

僕は退団届を出した。

栗山先生はそれをびりびりに破いた。そして、どうして抜けるのか、抜けてどうするつもりかと僕を問い詰めたのだった。

口が裂けても言うまいと思っていたのに……言っても誰のためにもいいことにならないと分

かっていたはずなのに……ああ、どうしてだろう、優しく厳しく問いを重ねられるうちに、僕は全部話してしまったのである。

『大したことじゃないわ。気にすることなんてないのよ』

慰めるように言われ、どんなに惨めだったことか。

『高倉の悪い病気がまた出たってそれだけのことね。わたしのお気に入りに手を出すなんて、ちょっと叱《しか》っておく必要はあるけれど。わたしに悪いと思うなら、あなたはさっさと二作目を書くことだわ』

思わず、口走っていた。

『……僕は、あなたが好きなんですっ』

『知っているわよ』

美しい彼女の笑顔が目に飛び込んできたのと同時に、僕は彼女に導かれ、その胸に触れさせられたのだ。

僕は叫んだ――きゃっ、と。まるで、スカートを捲《まく》られた中学生の女の子のように。

男装の麗人は高らかに笑った。

『分かった？　わたしはあなたのママじゃないのよ』

『……………』

『ね、わたしとも寝てみない？』

僕は首をいやいやと左右に振りながら、まだ彼女の胸の感触が残っている手をぎゅっと握り、その記憶を潰《つぶ》そうとした。

彼女は言った。

『そうね。きみは、そうでしょうね』

僕がどうだと言うのだろう。

（そうって、なに？）

なにも聞けず、言えないまま、僕は一礼だけして部屋を出た。

廊下で三上に会った。

三上は立ち聞きしていたようだった。

『バカだな、先生とやればよかったんだ』

『………』

『オレならやるぞ、迷わず。どんな経験も役に立つさ』

『……僕はお前とは違うっ』

『だからって、お前がご清潔なわけでも、まして偉いわけでもねえからな！』

僕は三上からも逃げ、一人ぼっちで春を迎えた。

書きかけの原稿を抱えて梅雨《つゆ》をやり過ごし、進まない原稿に喘《あえ》ぎながら夏を迎え、そして夏が終わるという今、ここにいる――。

「痒《かゆ》いところはないですか～？」

おどけて言いながら、社長の長い指が僕の髪を泡立てる。

「後ろのほうが、少し」

「ここ？」

「そうそう」

すべきことを心得た手つきには躊躇《ためら》いはなく、僕としてもされるがままになっているのは苦痛ではなかった。

ほっと息を吐く。

遠山氏と他の人間とはなにが違うのだろう。

僕の世界に属さない人だから？　微妙な利害関係がないから？

いやいや、もっと単純なことかもしれない。

「じゃ、流すよ」

「はい」

僕は目を瞑《つむ》った。

視覚を失うと、遠山氏との距離がいっそう近く、リアルに感じられた。さっき見た身体の逞しさ、明るい肌の色が浮かび上がってくる。

そして、髪を揺する手の大きさ、温もり……僕は彼を感じ続けることになった。

髪を流し終え、遠山氏が僕の頭をタオルで包んだ。

「はい、お終《しま》い」

「ありがとう。気持ちよかったです」

顔を上げたとき、思いがけないほど彼の顔が近くにあった。

唐突に思った。

（キス…したい、な）

高い頬骨に一つ、唇の端っこに一つ。

その思いを打ち消すこともせず、僕はぼんやりと言った。

「……いいお父さんなんでしょうね、あなたって」

「お風呂《ふろ》にはよく入れたよ」

「今いくつ？」

「三歳。あんまり会えないけどね」

三歳と言われても、どれほどの大きさなのかさえ、僕には全く見当がつかない。

遠山氏の子どもなら、さぞかし整った顔立ちをしているだろうと思うだけだ。

僕は立ち上がって、バスタオルに手を伸ばす——と、遠山氏の身体が傾いてくるのが目の端に見えた。

「あ」

うなじにキスをされた。

僕はそこに手をやり、彼を振り返った。

言い訳するかのように、彼は囁《ささや》くほどの声で言った。

「……きれいだと思って、つい」

「僕が、きれい？」

冗談にしてしまいたかった。

「また女の人に見えてるんじゃないの？」

「男だって分かっているよ、ちゃんと。さっき見ちゃったし…ね」

カッと首まで熱くしながら、僕は直《ただ》ちにタオルを腰に巻いた。見られて減るものではないけれど、わざわざ見せたいものではない。

「あ、隠したね」

「見るから」

「見たっていいじゃない」

「やだよ」

どうにかタオルの端を内側に押し込むと、僕は浴槽を跨ぎ越し、同じように腰にタオルを巻いている遠山氏と向かい合った。

「とにかく、男だと分かった上でのキスはシャレになりませんって」

「シャレにするつもりなんてないさ」

そう言って、彼は僕へと腕を伸ばしてきた。

僕は後ずさった。

「……それ、まずいから」

「ちょっとハグぐらい」

「いや、だめ——ホント、よくない」

僕が後ずさると彼は進み、僕はもっと後ずさる——しかし、彼は二倍の速さで動いて、ついに僕を摑まえた。

後ろはもうキッチンのシンクで、これ以上の後ずさりは出来ない。

「ど…どうして？」

「どうしてかな」

首を傾《かし》げる遠山氏はひどく若く見えた。

途方に暮れつつも、それを面白がっている若い顔は、高校生…いや、むしろ中学生のようだ。

「これまでオレは女性としかつき合ったことがないし、同性とどうかなるなんてことはまったく考えたことはなかったんだけど……でも、望くんとなら、可能性を探ろうかって気になってしまう」

「う…ん」

なんとも答えようのない僕を、彼はそっと抱き締めた。

自分よりも大きな人間にすっぽりと包まれ、その温もりを感じることは心地好かったが、それにすぐさま浸ってしまうほど僕はロマンチストではなかった。

「これ、恋かねえ?」

浮かれた口調での囁きに、僕はすげなく答えた。

「単なる気の迷い…でしょ」

「味気ないことを」

怪我人の僕を抱く腕の力は緩やかで、そこから逃れ出るのは難しくなかった。

(……流されたら、傷つくのはきっと僕のほうだ)

遠山氏には美点が多く、好きになるのは容易《たやす》い。実際のところ、僕の心の中では、すでに友達以上の存在になっていた。

しかしながら、僕に対する彼の好意を、ずっと継続させておける自信は僕にはない。

人間関係はいつも長く続かない——相手が男だろうと、女だろうと、僕に執着してくれた人間はいなかった。

僕の中の欠乏感が、人の好意を撥《は》ねつけるのだ。

産みの母に否定され続けた僕は、あまり自分が好きではない。それと同じ分だけ、他人を好きになれなかった。

生身の人間が好きではない。信用出来ない。

だから、男でも女でも本当のところはどうでもよかった。好きではないというカテゴリーにおいて、性別はあまり関係ない。

けれども、遠山氏は――結婚して、子どもをもうけたこともある、ある意味『普通の男』なのだ。

今は独身生活だが、そう長いこと女性たちが放ってはおかないだろう。

本気で彼を獲得しようという女性が現れ、彼を口説いたならば、僕に引き留めることはきっと出来ない。

だから、彼に恋はしたくない。

これ以上の好意を抱きたいとは思わない――彼のような非の打ち所がない男が相手でも、たぶん僕は他人を愛するところまでいくことは出来ないだろう。

僕は人を愛せない。

「臨戦態勢の猫みたいだね」

頑として拒絶するつもりでいる僕を、遠山氏はあくまでも優しい目つきで見下ろしてくる。

「分からないかなあ。誰かと一緒に暮らすのは、普通はもっと気詰まりなもんだよ。ぶつかり合って、ようやっと共有出来るようになるんだ。どれほど好き合った恋人同士だろうともね。だけど、オレときみはぶつからない」

「そ…それは——出会いで、思いっきりぶつかったからでしょ」

僕が事故を指摘すると、彼はあははと明るい声で笑った。

ふっと緊張が解けた。

「最初はね、きみが遠慮しているせいだと思っていた。でも、そうじゃないよね。オレたちは…なんというか、上手く嚙み合うんだよ。お互いの譲れないものが、気持ちよくずれているんだ。こんな組み合わせはそうはないよ」

彼の言いたいことはよく分かる。

何年か前、僕は三上と暮らしたことがあったけれど、その数か月はお世辞にも快適とは言えなかった。

三上のこだわりと僕のこだわりはいちいちぶつかったし、三上は僕に自分と同じことをさせようとした。

遠山氏とはぶつからない。彼のこだわることに僕はこだわらず、僕のこだわることに彼はこだわらないからだった。

たとえば、三上は焼きそばをフォークで食べたがり、それを僕にも強要したが、遠山氏は美味しく食べてくれればなんでもいいと、僕がフォークで食べようが箸《はし》で食べようが気にしなかった。

そして、僕は本やＤＶＤが整理されていなければ落ち着かないが、遠山氏は適当に放り込む人。

僕がそれらをきれいに並べたとき、思いやり深い彼は有り難がってくれたが、その後も適当に仕舞う癖は直さなかった。僕はそれでいいと思った。遠山氏が狂わせた順番や上下の位置を、こっそり後で直すだけだ。

また、遠山氏は音楽が好きで、気分に合わせていろいろとチョイスした。執筆中でなければ、僕はなにがかかっていようと気にしない。およそなんでも聴いた。

彼の食べ物のこだわりは、食べることに興味のない僕にはどうでもいいことで、ぶつかりようはない。僕は目玉焼きにはソースが多いが、彼が醤油《しょうゆ》なら醤油しかなくても構わない。ケチャップでも可。

遠山氏も僕も、一緒にいる相手の言動に自分を合わせようとはしないが、その代わり、相手が自分に合わせなくても構わないのだ。

僕の場合は概して他人への関心が薄いからそうなってしまうのだけれど、彼は相手を尊重するがゆえだ。結果として、同じスタンスになっているのは興味深いが。

昨日のドライブにしてもそうだった。

遠山氏は運転と音楽を楽しみ、僕は景色が移り変わるのを楽しんだ。

それでも、二人は一緒だった——お互いに、一緒に過ごしたと実感していた。

同じようなスタンスの人間同士でなければ、一緒にいても一緒のことをしないということの過ごし方は、冷たいとか勝手だとか……相手への気づかいに欠けた、無神経な言動だと誤解されてしまいかねない。

「オレたちは似てないようで、似ているよね」

彼は言った。

「一緒にいて、とても楽だ。お互いに、今したいことが出来る」

「そう…ですね」

認めないわけにはいかなかった。

「でも」

僕は言った。

「あなたはエネルギーが有り余っているけど、僕にはさほどないって違いはあるんです。少なくとも、僕には可能性を探るほどの余裕はない…な」

「オレ、ふられたってこと?」

遠山氏がしかめっ面をした――端整な顔が不愉快そうに歪《ゆが》むのを、僕は他になす術《すべ》もなく見つめる。

「残念だよ」

溜息《ためいき》を吐く彼に、僕は小さな声で告げた。

「……恋愛は、女性としたほうがいいんです。あなたも僕も」

「それはそうかもしれない」

彼に背を向けるようにして、僕は冷蔵庫を開けた。

左手で麦茶のボトルを取り出そうとする手つきの危うさに、さっと腕が伸ばされた。

「オレが注ぐよ。無理しないで」

僕の背中に彼の胸が触れてくる——僕は身体をくるりと回し、彼の盛り上がった肩に額を擦りつけた。

はたりと頭を包んでいたタオルが落ちる。

「ああ」

僕は呻いた。

「拒絶したんじゃなかったの？」

優しい声音にぎゅっと目を瞑った。

彼は麦茶のボトルを冷蔵庫の棚に戻し、躊躇いがちにまだ濡《ぬ》れている僕の髪を撫《な》でた。

僕が抗わないのを知ると、彼は形のいい鼻を僕のそれに擦りつけ…——少し僕が顔を上げたとき、しっとりと唇を重ねてきた。

キスが二人をさらに近づける。

泣きそうな気分になった。

嬉しいような……でも、情けないような。

(好き…になってるんだよ、とっくに)

分かっている、ただ僕が臆病《おくびょう》なだけだ。

拒絶されるのが怖いから、先に拒絶してみせるのだ。でも、本当は、誰よりも愛され、抱き締められることを望んでいるのが僕。

『お前なんか産まなきゃよかった！』

母親の叫びは今も僕の胸に潜み、なにをするにもこれを意識しないではいられない。

当然の愛をもらえなかった僕は、人を信用するのが難しい。

愛されなかったことは僕の罪ではないのだけれど、こんな無価値な人間を本気で好きになってくれる人がいるわけがないと思ってしまう。

「男とか女とか、関係ないいんじゃない？」

彼の湿った囁きに、頑固な僕は抵抗を続ける。

「好奇心なんでしょ。本当は、男相手のセックスなんて、どうやってやるんだろうと思っているくせに」

「んー、そうかもしれない。確かに戸惑いはありますよ」

正直な人だ。

「だけど、すごくきみに惹《ひ》かれてる。これは事実だ。怪我が治らないといいのに…とまで思ってしまう。このままずっと世話をしていたいからね」

「それは…困るな」

「困るよね」

どちらからともなく、僕たちはもう一度口づけを交わした。

唇を放したとき、彼は言った。

「……セックス、今ならやれそう」

「え？」

彼の視線を辿《たど》り、腰に巻いたタオルごしにそこが変化しているのを見た。

にやつきながら彼が言う。

「オレって正直」

僕は赤面した。

しかしながら、その場ですぐにことに及ぶわけにはいかなかった。

遠山氏の携帯電話が鳴り出したのだ。

秘書役を兼任している中村《なかむら》さんが苛《いら》ついた声で、さっさと下に降りてくるように言ってきた。

「え、もうそんな時間かい？」

『そんな時間なんですよ、社長。シャワー浴びて、ちょっと一杯…なんてやってるんじゃないでしょうね!?』

「やってない、やってない」

本日は秋田《あきた》の岩がきのタイムサービスがある――十八時から二十時まで。

今現在、社員一同が電話の応対に大わらわだ。

遠山氏は名残惜《なごり》しそうに僕から離れ、てきぱきと服を着始めた。

もう本日の外出はないとかで、休日のようにTシャツにジーンズを身に着ける。

僕は彼のジーンズ姿が好きだ。長い足がよく引き立つ。Tシャツもいい。逞しい胸にピーンと布地が張った感じが。

「行かなきゃ」

急いでいるのに、彼は僕の手に包帯を巻き付けるのを忘れなかった。

「望くん、夕飯は外で寿司《すし》にしようね。ちょっと遅めだけど、待ってて」

「はい」

一瞬のことだったが、そのきらめく瞳に、彼らしくもない懇願や焦燥の色を見た気がした。

（え？）

もちろん僕は彼の仕事が終わるのを待っているし、夕飯が寿司なのも嫌ではない。

これまで、彼の明るい性格に翳《かげ》りがあるのを感じたことはなかったが、性的なやりとりをしたせいで、僕は少し敏感になっていたのかもしれない。

（なんだろう……――この人にも、なにかに対する絶望の気持ちがある？）

離婚の経験をしたせいか。

それとも、他に……？

しかし、確かに見たと思った不穏な色は、すぐに跡形もなく消えた。僕の気のせいだったかもしれない。

「じゃ、また後で」

曇りない笑顔を浮かべ、まだ乾かない髪から滴《しずく》をぽたぽたさせつつ、遠山氏は階下へと駆け下りていった。

しばらく僕はぼんやりとしていた。

寂《さび》しさの残る唇に手を当て、一連のやりとりを反芻《はんすう》する。

キスしたいと思ったら、キスをされた。形ばかりの抵抗をして、僕は彼の身体に寄り掛かってしまった。

誘ったのは僕だ。

誘惑めいたことをしたのは初めてだった。

（馬鹿なことを……）

僕は冷蔵庫から麦茶を出し、グラスに注いだ。麦茶のポットは片手で持つには重たいが、さすがに男の僕が持ち上げられないわけはない。

「美味い」

毎朝、遠山氏は麦茶を煮出して作る。

そういう気づかいの全《すべ》てが、今は僕のためなのだ――果たして、僕にそれだけの価値があるかどうか。

僕には彼に提供するものがなにもない。お金も知恵も。

タレントをやれるくらいだから外見的には整っているが、それで同性愛者でもない彼を魅了出来るとは思えない。

同居人としては良くても、恋人としては物足りなくなるのかもしれない。

(……遅かれ早かれ、怪我は治ってしまう)

僕はゆるゆると服を身に着け、途方に暮れた気分で椅子《いす》にへたり込んだ。

ブラインドから漏れてくる光は桃色から黄色へ、白っぽく滲み、だんだんと辺りは小暗くなってきた。

階下の電話の呼び出し音はいよいよ重なる。

僕は立ち上がった。

「よし、コーヒーでもいれてあげよう」

今僕が出来ること――部外者である僕に親切にしてくれる遠山氏の社員たち、そして大好きな遠山氏のために、せめて熱いコーヒーを配りたい。

二十時十分、最後の電話の応対が終わった。

受付時間を過ぎたというメッセージをセットし、作業は集計と発注確認へと移行する。

冷房は寒いほどなのに、社員のほとんど全員の顔がテカテカと脂《あぶら》ぎっていた。

「ああ、コーヒーが美味《うめ》ぇよ」

「お疲れさまぁ」

「麻木さんがやたらさわやかに見えるよ〜っ」

みんなが僕が配ったコーヒーに口をつけ、しきりに有り難がってくれた。

「お、社長のコーヒーより美味いかもよ」

「ブルマン多めのピーベリーだな、こりゃ」

今日のような電話オンリーのタイムサービスは、新聞の折り込み広告などで開催を予告し、主に登録会員以外の注文を受ける。

知名度を上げることと会員数アップが目的で、手数料の一部は会社が被《かぶ》っているという。

景気よく電卓を弾《はじ》いて、社長が言う。

「みんな、ご苦労さんでした。目標値を大幅に超えた注文があり、どうやら利益が出そうだ。冬のボーナスに期待してくれたまえ」

「え、マジですか？」

「うっれしい」

パチパチと拍手に包まれ、なにもしていない僕もまた嬉しい気分になった。

社長がようやっとコーヒーに口をつけた。

「……お、美味いね」

遠山氏が僕にウインクを寄越す。

僕はなんだか恥ずかしくて俯《うつむ》いてしまったが、彼の視線は感じ続けた。

と、そのとき――、

「パパ！」

オフィスに可愛《かわい》い声が響き、パタパタという足音が続いた。

僕は顔を上げ、ひどく可愛らしい小さな女の子がフロアを横切り、遠山氏の足下に駆け寄るのを見た。

「あれ、ちーちゃんじゃないですかー」

遠山氏が彼女を抱き上げる。

「パァパ、お泊まりに来まちたよお」

回らない口が言い、父親の頬をぺたぺたと触る。

「これ、荷物」

ぶっきらぼうな女性の声に、僕たちの視線はまた戸口のほうへと向かった。

そこに背の高い美人が立っていた。

ストレートのロングヘアに、キャリアなパンツスーツが似合うモデルばりの美女だったが、切れ上がった目がクールすぎてちょっと怖いようだ。

遠山氏は娘を抱いたまま彼女に近づき、差し出された紙袋を受け取った。

「急に出張になって、困ったわ。明後日の夕方まで預かってね」

「……いきなりだね」

「急だと、人を頼めないのよ。ここは人手があるんだから、なんとかなるでしょ」

「ベビーシッターは一人もいませんよ」

「昼間はいつもの保育園にやってもいいわ。ただし、明日はお弁当の日なんだけど」

「そう」

「知っているでしょ、この子、そんなに手はかからないわ。紙とペンでも渡しておけば、ずっと絵を描いているはずよ」

そこで腕時計に目を落としてみせ、彼女は飛行機の時間が迫っていると言った。

「下に車を待たせてあるの」

「どこへ出張？」

「香港《ホンコン》よ。ちづ、良い子にしてなさいね」

ひらひらと子どもに手を振っただけで、にこりともせず、彼女はくるりと背を向けた。

ヒールが階段を降りるカツカツという音が聞こえなくなったとき、何人かが同時に溜息を漏らした。

溜息の中で、遠山氏の元妻は三歳年上で国際弁護士だということ、美人を鼻にかけた我儘《わがまま》な人だということ、千鶴ちゃんがこうやって預けられるのは珍しくないということを僕は耳にした。

『すごい美人で、ドS。最強！』

『どうして社長は、勝手なこと言うなって、ガツーンといかないのかしら？』

『うちの会社をなんだと思ってるのよ』

若い父親は幼い娘に話しかける。

「ちーちゃん、ジュースでも飲みますか？　お腹は空いてないのかな？」

「お腹ぺこぺこ〜」

「じゃ、なにを食べようか。食べたいものはなんですか？」

「モモ缶！」

「モモ缶はデザートだよ」

遠山氏は社員たちに断り、先に上がらせてもらうことにした。

「望くん、食事に行こう」

「はい」

僕は子どもを軽々と抱いた彼を追った。

広くて頼もしいはずの背中がしょげているように見えたが、慰めの言葉は一つも思いつかなかった。

肩ごしに、あどけない顔が覗く。

（顔、少しは遠山さんに似てるかな。でも、女の子らしいや）

僕が笑いかけると、小さな娘はびっくりしたような顔になって、父親の肩にぴったりと伏せて隠れた。

それでも、興味があるのか、何度も顔を上げてはちらりちらりと僕を見る。

信号待ちで立ち止まったとき、僕は思い切ってその小さな手に触れてみた。

「ちーちゃん。僕はパパのお友達で、のんちゃんって言うんだよ」

「のんちゃん？」

「そう、よろしくね」

千鶴ちゃんはニッと愛想笑いをし、僕の手をぎゅっと握り返してきた——その笑顔は胸が痛くなるほど遠山氏に似ていた。

一人前に溜息を吐いて、彼女は言った。

「……パパ、きれえなおにーちゃんね」

三歳児を連れ、近くの寿司屋に行った。

小さい娘は寿司の刺身部分だけを欲しがったので、遠山氏は仕方なくご飯にガリを載せたのをいくつも口に放り込む。

グルメな人なのに気の毒だったが、自分の子どもの尻拭《しりぬぐ》いはしなければならない。

「ちーちゃん、ご飯も食べなきゃダメですよ」

そう言い聞かせつつも、彼女が欲しがるだけマグロやサケ、タイなどを頼んでやり、やっぱり刺身だけ食べられているのが可笑《おか》しかった。

「ご飯も食べなさいって」

「いらないの。パパにあげう〜」

小さな手に白飯を突き出されては断りようもない。

海苔《のり》巻きの甘煮のかんぴょうだけを器用に抜く指のぽちゃぽちゃ加減、弾力のあるタコをいつまでもくっちゃくっちゃと嚙《か》み切れないでいる口元は、可愛いとしか言いようがない。

僕はこんな小さな子どもの近くにいるのは初めてで、緊張と好奇心がないまぜになった気分で眺めていた。

寿司屋から戻ると、遠山氏にシャワーを浴びせられ、歯を磨いてもらい、ベッドに入った途端に幼児はころんと寝てしまった。

「本を読んでやりたかったのにな」

柔らかい頰を指で突っつきながら、遠山氏が小さく舌打ちする。

「なんて本?」

これこれと見せてくれたのは、懐かしい絵本『泣いた赤鬼』だった。

「……これに出てくる青鬼のやつがさ、元妻に似てるんだよ」

彼が言う。

「わざと悪者になるんだ。本当は、それほど悪いやつじゃないんだけどね」

「ふうん」

千鶴ちゃんを真ん中に、僕たちはベッドの左と右に横たわった。

僕が促すまでもなく、ぽつりぽつりと遠山氏は元妻について話し始めた。

「彼女は大学の先輩で、美しくて目立ってたんだ。何度か口説いてみたけど、その頃はまったく相手にされなかったよ。再会したのは二年後のニューヨーク、二人とも留学中でね、彼女はひどい風邪を引いてたんだ。オレは看病に押しかけ、まんまと恋人の座に収まったんだけど……——」

構いたい男と構われたくない女は、なにかと衝突が多かったと遠山氏は言う。

彼が見舞いに持参した花束を、彼女はこんなものはなんの役にも立たないと言い、床に投げつけたりしたそうだ。

癇癪《かんしゃく》が収まれば、まるで自分が傷つけられたかのような顔をして、彼女はそれらを拾い集めるのだ。

「その、うち萎《しお》れた様子がなんとも可哀想でさ……可哀想で、だから愛《いと》しくって、つい抱き締めたくなっちゃうんだよ」

「遠山さん、ドMだね」

「そう決めつけないでほしいな……オレはね、ただ、オレにしか理解出来ない人、っていうのがツボなんだよ」

「それだと、へんな女ばっかり集めそう」

「客観的に言えば…そうだね、歴代の彼女は、変わった人ばっかりだったかもしれない。オレは彼女たちを愛したかったし、なんでもしてあげたかったよ。最初はそれで上手くいくんだ。だけど、どうしてか嫌がられるようになってしまう。やりすぎちゃうのかなあ」

想像してみた――遠山氏のようになんでも揃った人が、自分を愛していると言って、なんでもしてあげるよと手を差し伸べてくれたら、一体どんな気持ちになるだろう。

ウソみたいな話である。

初めは、疑ってかかり、避けてしまうかもしれない。

それでも彼が追いかけてくるとすれば、きっと受け入れずにはいられない。彼に愛され、いろいろとサポートしてもらったら、安心してなんでもやれそうな気がする。

(それが、嫌がられるようになるって？　どうしてかな？)

僕には分からない――ありがとうと思えば、それでいいではないか。彼は見返りなんて要求しない。

「束縛…しちゃうとか？」

「いや、オレは焼き餅焼きじゃないよ」

「浮気は？」

「しない。一度に一人としかつき合わないのがモットー。そうは見えないのかもしれないけど……」

「それじゃ、カンペ…——」

言いかけて、僕は口を噤《つぐ》んだ。

完璧《かんぺき》な恋人って——どうなのだろう。恋人を完璧に思うなら、その隣にいる自分はどうなのかという自問が浮かんでくるものだ。

相手に自分が相応《ふさわ》しいかどうか。

嫌なクエスチョンだ。

もし相応しくないという回答に至ったときは、彼を失いたくないと思い、相応しい人間にならなければ…という焦燥を抱くことになる。

努力に努力を重ね、いつも首が絞まっているような気持ちになるとしたらどうだろう。

（だんだん彼の存在が重たく、疎ましくなっていく……？）

怖いのは、彼に失望されてしまうこと。

失望されることが予測されるならば、幸せな今のうちに離れたほうがいいという結論を出すのは案外自然なことかもしれない。

「別に、オレは完璧じゃないよ」

遠山氏は言う。

「オレはね、なんか…心にぽっかりと穴が開いているんだよ。それを埋められず、あがいている。満足しない、落ち着けない男なんだ」

「穴を塞ぐ方法は?」

「この穴ってのが厄介なやつでさ、どうも底無しなんだよな。オレの心にそんな穴があるのに気づいて、恋人や妻はうんざりしたのかもしれない。オレは泳いでいないと死んでしまうマグロのようなものなんだ」

分かるような分からないような……僕が首を傾げていると、遠山氏はぽつりぽつりと身の上話を始めた。

小学校に入ったばかりの頃、彼は両親を事故で失ったのだそうだ。だから、彼は祖父母と伯父夫婦――くだんの目白のお屋敷に住む人たちに育てられた。

「親代わりとして、彼らはとても愛情深くオレに接してくれたと思うよ。気前良くお金も出してくれたし…ね。でも、どうしたって遠慮があった。従兄弟《いとこ》たちと一緒に育ちながら、同じだと思っちゃいけないっていつも自分に言い聞かせなきゃならなかった。自分の立ち位置を気にして、従兄弟よりも前に立たないように気を遣ったもんだよ。全力を出したことはなかったな」

「それは、窮屈な……」

「そうなんだよね」

頷きながら、遠山氏は愛《いと》おしげな視線を我が子に目を向ける。

「父がいて、母がいて……そんな当たり前の家庭が、どんなにかけがえのないものか、オレにはよく分かっているよ。だから、離婚はしたくなかったんだけど……──」

「また結婚したら？」

僕は言った。

「それが一番欲しいものなら、何度でも結婚したらいいんじゃない。子どももたくさん作ればいいよ」

「それじゃ、エゴイストだ」

「……そうだね、そういうのはダメか」

親のエゴで子どもは作られるが、それだけで満足してもらっては困る。生まれた子どもにはその子の人生がある。

「とりあえず、仕事に打ち込むさ」

遠山氏は健気《けなげ》に言い切った。

「わけのわからないエネルギーは、仕事に向ければいい。それが誰にも迷惑をかけない、有効な利用法だ。せいぜい額に汗して働いて、美味しいものを食べるよ」

僕たちはしばらく黙っていた。

彼は自分の孤独に浸っていたのだろうし、僕はこっそり彼の問題と自分の問題を較《くら》べていた
——僕たちは似ていないようで、やっぱり似ている。

こんな僕らが、誰かを愛し、愛される日は来るんだろうか。温かい家庭を持つ日は来るのだろうか。

「……そろそろ、寝ます？」

「うん。明日もきっと忙しいから」

遠山氏は毛布を引き上げ、娘の小さな肩を包んだ。

「おやすみ」

間もなく、規則正しい寝息が聞こえてきた。

遠山氏の睡眠はいつもしごく健康的だ。

僕はと言えば、すぐには寝入ることが出来ず、ひっそりと溜息を吐いていた。

（……幼い頃の喪失感は、なかなか埋められないものだな）

母親から離れて十年近く経ったのに、今でも僕は自分のやることなすことに自信が持てなくて、コミュニケーションが下手——そして、独《ひと》りぼっち。

親戚《しんせき》の中で遠慮がちに育った遠山氏は、過剰なエネルギーを持て余し、愛し方の加減が分か

らない――やっぱり、独りぼっちだ。

愛を出し惜しむ僕とあまりに愛しすぎる彼は、どちらも恋人に負担を強いてしまう。

「……同じだね」

どうにも生きづらい。

息苦しい気分になって、僕はまた溜息をひとつ――いつも溜息ばかりだ。

不意に、頭をふわりと撫でられた。

「！」

千鶴ちゃんの向こうで、遠山氏が僕を優しい目つきで見ていた。

「大丈夫、なんとかなるって」

彼は言った。

「誰だって、幸せを目指して生きるんだ。望くんだって、そうだろ？　オレは諦《あきら》めてないし、必ずいいことがあるって信じてる」

「……だね」

僕だって信じたいよ、必ずいいことがあるって……！

「おやすみ、望くん」

「おやすみなさい」

翌朝、僕が目が覚めたとき、父と子はもうベッドにはいなかった。

パーテーションの向こうから笑い声がしたので、僕は南側のプランターや荷物が置いてあるスペースを覗いた。

二人はミニ・トマトやピーマン、ハーブに水をやっているところだった。

「パパ、お花きれいねえ」

プランターにしゃがみ、幼い娘は目を輝かせる。

ピーマンの花は、白くて、小さな星のような形だ。

「ちーちゃんはお花が好きだね」

「うん！」

誰かのために咲いたわけではない。

美味しい実をつけるために、受粉のために花は開く。

こういう花なら、僕も嫌いではない。木偶《でく》の棒の僕を無理に讃えるのでなく、ただ次の世代を産むために咲くと言うなら。

トマトの赤が今日はことさら鮮やかに見える。

（……食べたいな）

僕は生唾《なまつば》を飲んだのかもしれない、聞きつけた遠山氏がこちらを向いた。

「おはよう、望くん」

昨夜のことはまったく後を引いていない――いや、少し照れがあるのか、彼はほとんど左右対称の取り澄ました笑みを浮かべていた。

忙しい社長である父親やその社員に代わって、主に僕が千鶴《ちづる》ちゃんの相手をした。

子どもを扱い慣れていないという不安はあったものの、手が空いているのは僕だけだったし、遠山《とおやま》氏への好意が僕を動かした。

好きな人の子どもは可愛《かわい》く見える。

彼によく似た目鼻の位置や唇の形、子どもらしい細い髪がふわふわとそよぐ様子が、ふとした拍子に、愛《いと》おしいという気持ちを起こさせる。

母親の言った通り、この三歳児はあまり手がかからなかった。一緒に絵を描いたり、図鑑を見たりしているうちに時間は過ぎた。

小さい子どもは面白い。

遠慮や手加減を知らず、見たまんまを口にする。

散歩に出たときは、僕たち大人が見逃すだろう小石や瓶の蓋《ふた》を拾って、それをこの上もない宝物のように扱った。

嬉《うれ》しいと思えば身体は弾《はず》むし、楽しければ口から歌も飛び出す。

とても自由だ。

（人類が出現したと同時に、歌や踊りも生まれたに違いないってホントかも）

栗山《くりやま》先生が言ったのだ――だから、ミュージカルは観客の本能的なものに訴えかけ、説得力を増すのだ、と。

長らく僕は、歌や踊りの効果に懐疑的だった。

正直なところ、面白可笑《おか》しいミュージカルに仕立てることは、誤魔化しなのだとまで考えていた。

自分が苦手なせいもあったかもしれない。

僕は若くて、経験不足の頭でっかちな作家でしかなく、俳優の演技力よりもたったひとつの台詞《せりふ》を頼りとしていた。必ず言葉にしなければ、愚かな観客には伝わらないものと決めていたのだ。

しかし、本能に逆らわない幼い子どもを観察するうち、歌や踊りが馬鹿にしたものではないと分かった。

栗山先生の説はたぶん正しい。

歌や踊りは人間の感情に直結し、言葉以上のものを伝えてくる。

千鶴ちゃんは外に出て嬉しいから飛び跳ねているし、ぶらんこの揺れに歌のリズムを思い出したのだ。

（小さい頃は、僕も踊ったり歌ったりしたんだろうか……？）

　保育園のお遊戯会で、無表情に突っ立っているだけの写真が残っている。

　その前の記憶はさすがにない。

「ちーちゃん、うさぎさんってどうやるの？」

「こうよ」

　僕のリクエストを聞いて、千鶴ちゃんが額のところに掌《てのひら》を立てて、ぴょんぴょんやり出す。息を切らし、公園中を跳ね回った。

「次はぞうさんよ」

「お鼻がぶらんぶらんだね」

「のんちゃん、お母さんぞうさんやって〜」

「うん」

　ぶらん、ぶらん——千鶴ちゃんの横で、僕もぞうの真似《まね》をしてみた。照れ臭さはないではないが、劇団では子ども向けの劇に出るときには本気でやるよう指示される。

　自然に歌が思い出されてきた。

　やがて、千鶴ちゃんが歌い出した。

　僕も低い声で合わせながら、この誰でも知っている童謡を教えてくれたのは誰だろうと考えた。保育園の先生だったかもしれないし、母だったかもしれない。

僕は母の歌声を聴いたことはない。思わずの鼻歌さえも一度もなかった。

(母は、幸せ…じゃなかった?)

子どもを可愛がる余裕もなく、食べていくために、くたくたになるまで働いていたのなら不幸だ。踊りはもとより歌さえない生活は幸せとは言えない。

そして、僕は気づいたのだった——笑顔のない子どもの母は、やっぱり笑顔ではなかったのだ。


国際弁護士の母親は、約束の日時に千鶴ちゃんを迎えに来た。

「のんちゃん、バイバイ。パパ、バイバーイ」

社長の元妻に対する社員たちの評価は芳しいものではないが、少なくとも千鶴ちゃんの心の健やかさは損なわれてはいない。

そう悪い母親ではない、と僕は思う。

遠山氏の寂《さび》しそうな様子は気の毒だったが、彼が母親に娘を返すのは、やはり彼女の愛情を信じているからに違いなかった。

＊

遠山氏のところに来て、あっという間に二週間が経った。

その間、書きかけの原稿や支払いの滞った生活、バイトや劇団…など、頭からすっかり抜け落ちたわけではなかったが、僕はなにも書かなかったし、どこにも連絡しなかった。

あの日、遠山氏にこの銀座《ぎんざ》の会社兼住居に連れて来られて、僕はそれまでの自分の日常をストップさせたのだ。

なんだか別世界に飛ばされたようで、元の生活が遠くに感じられていた。

怪我《けが》を負った身体に休息は必要だったが、精神的にも休みを欲していたのかもしれない。僕はそうは思わずに、ずっと戦い続けてきた。

とはいえ、僕の住居とここは、電車では一時間もかからないのだ。

その気にさえなれば、パソコンを取りに行くことも出来ただろうし、少し常識を働かせれば、バイト先や劇団に連絡を入れるべきだったと思う。

遠山氏は何度か携帯電話を買い替えなくていいのかと僕に聞いたが、僕はなんだかんだと理由をつけて、延ばし延ばしにしていた。

自分の日常に戻りたくなかったのだ。

守られ、面倒を見られる安心感に浸っていたのだ。

その朝、僕の手の包帯を取り替えながら、遠山氏は午前中に医者に行っておこうと言ってきた。

「腫《は》れも引いたし、あざも黄色く薄くなってきたね。痛みはどうかな？」

「もうこのくらいは動かせます。剥離《はくり》骨折だったなら骨が元の場所にくっついたってことですよね？」

中学・高校と運動をしていた遠山氏は、骨折や筋肉痛に詳しい。

「そう、ぽっきり折れたのと違って、治りは早いらしいよ。肋骨《ろっこつ》のヒビはどうかな？　まだ階段降りるときなんかに痛みがある？」

あまり痛みは感じていなかったが、僕はまだ痛むと言っておく。

「望《のぞみ》くん、痛み止めを飲まないからな」

「頭がぼーっとなるから嫌なんですよ」

昼近くに出かけた西早稲田《にしわせだ》の整形外科医は、とりあえず順調だという見立てをした。あと一週間ほどで、胸の痛みも消えるでしょう、と。

帰りの車内で、僕は言った。

「そろそろ同居生活も終わりかな」

怪我が治れば、彼の世話を受ける理由はもうない。

「……………」

遠山氏は少しの間黙っていたが、やがて落ち着いた声で言った。

「まぁ、そう急がなくても……すっかり元気になるまで居たらいいよ。少なくともあと一週間くらい…いや、十日くらい居なさいよ」

「そういうわけにも……──」

二人とも黙ってしまった。

同居生活の期限が具体的数字になってしまったのに僕は狼狽《うろた》え、彼は……そう、彼もまた同じように思ったのだろう。

だしぬけに、遠山氏は強く言ってきた。

「いつまでだって居ていいんだからね」

「……僕はなんの役にも立ちませんよ」

「役になんか立たなくて…──いやいや、千鶴のお守りをしてくれたし、テレビＣＭの件では貴重な意見をもらったよ」

彼は言ったが、それほどのことはしていない。

知る人ぞ知る…というレベルを越えた彼の会社は、さらなる躍進のために広告代理店と契約することになったのだった。

挨拶《あいさつ》にきた広告代理店の営業は、早速テレビ番組のスポンサーになり、ＣＭを作成するプランを持ってきた。

起用したいタレントの名まで上がった。

社内はやんやと盛り上がったが、社長は慎重だった。

『こんなにギャラを出す体力が、我が社にあるとは思えないなあ』

広告媒体として、テレビの力は魅力的だが、莫大《ばくだい》なコストがかかるのも事実。

そんな余分な金があるのなら、今はビルの屋上菜園の開発に回したいというのが本音だろう。

『テレビCMは三年後にして、もっとゲリラ的な広告方法を考えられませんかね。費用はかからないが、面白くて、印象に残るというような……――』

『って、言いますと……？』

『そこを考えてくれるのが、あなた方でしょーが？』

そのとき、僕の頭にあったのは、この数年で知名度を爆上げしたニシヤマという老舗《しにせ》の鞄《かばん》会社のやり方だった。

まず、低コストで放映回数も少ないが、妙に印象に残るCMを流した。

高いギャラのタレントは使っていない。

ただ容姿のいいスーツ姿の男性三人を出演させ、おしゃれなレディース・バッグをラグビーボールのように奪い合いつつ、走り回らせた。

最後に、ロマンス・グレイな社長がキャッチして「我が社のバッグは丈夫でおしゃれです」と、素人臭い演技と口調でアピールするというもの。

同時期に、通勤電車の吊《つ》り広告による宣伝もした。

渋い社長が可憐な鞄を抱き締めている図はウケを取り、ニシヤマのバッグはOLたちに『ダディの鞄』と呼ばれるに至った。

そのテレビのほうのＣＭに、スーツ姿で出演していた男性の一人が僕だった。

製作会社の名前は思い出せなかったが、監督の名前は覚えていた。

『ＣＭは安くも作れるもんじゃないですか？』

ニシヤマの件を引き合いに、口出しをしてみた――もちろん、ＣＭ出演キャラクターとして、社長である遠山裕一郎《ゆういちろう》氏が一番の適任だと見越した上で。

電車の吊り広告で、ハンサムな遠山氏が野菜を丸かじりしているのもいいかもしれない。大きな魚を摑《つか》んでいるのもいいだろう。

広告代理店の営業マンは、もちろんくだんのＣＭを企画・製作した会社を知っていた。

『あーあー、なるほど。正攻法でいかないって手もありますよね。確かに、ここの社長さんなら、下手なアイドル使うよりもインパクト大ですし』

『広告代理店さんとしては腕が鳴りますよね？』

『うーん……こちらの顧客って、家族よりも、むしろお一人様が多いんでしたよね。電車の吊りなら、東横《とうよこ》に小田急《おだきゅう》…中央《ちゅうおう》線か？　ターミナル駅の巨大ポスターって手も』

『社長と野菜で？』

『そう、スーツで泥付きの野菜ひとつかみ。社員さんたちも出てもらいま…――って、あなた、見たことあるなあ。ええと』

営業マンは僕をまじまじと見た。

不意に、僕は自分が何者であるか思い出させられ、せっかくの楽しい夢から無理矢理に目覚めさせられたかのような気分になった。

とはいえ、隠そうという気は別にない。

『僕はボーダーラインの麻木《あさぎ》望です』

『あ、そだ。麻木さん！　やだなあ、そんなだぶだぶした服を着ているから、すぐに分からなかったじゃないですかあ。でも、なんでここに？　目薬のCMの続編作るのに、あなたが捕まらないってツノさんが捜してましたよ』

『別に、あれは僕じゃなくても……』

僕は肩を竦《すく》めた——エキストラとして、CMタレントとして、僕のレベルはいくらでも替えがいるはずだ。

なのに、CM監督の中に僕を使いたがる人は多い。

ギャラが安いからだろう。

『もうタレント業は止《や》めようと思ってますんで』

『えー、なんで⁉　麻木さんみたいなタレントって案外いないんですよ』

営業マンは目を丸くし、気恥ずかしいフォローを口にした。

『変にタレントさんが目立っちゃって、なにを宣伝したのか印象に残らないCMってあるけど、その点、麻木さんは商品の邪魔にはならないって安心感があるんですよね。玄人《くろうと》好みのタレントさんだ』

やりとりを聞きつけ、ようやっと女性たちが気づいた。

『目が乾いたらアミリスのＣＭ、麻木さんだったの？』

『えーっ、なんで気づかなかったんだろ。髪型が違うから？』

営業マンはまるで自分の手柄であるかのように言い立てた。

『麻木さん、ユニタロのカタログでよくシャツ着てますよね。ＣＭにも出てましたし。あと、パナコニックの空気清浄機やうまし水のＣＭも』

『へえ、あちこち出てたんですね』

『びっくり！』

苦笑いするしかない。

本当にあちこちに出ていたのだが、気づかれない僕のタレント性には問題がある。性格が淡々としているためか、個としての特徴が出ないのだ。

商品に手垢《てあか》をつけたくないという思いがあったわけでもないのに、その点に関してだけは実績がある。

『――…と、いうわけで、ＣＭ製作に関わったことのある人間として、僕は遠山社長ご自身がＣＭに出演することを提案しますよ』

部外者が余計な口を利いてしまった。

しかし、我らが遠山社長の存在感は『ダディの鞄』以上のインパクトを産み、会社の知名度と顧客数を引き上げることは間違いない。

広告代理店の営業マンは、出来るだけ単純なメロディでハッピー・ダイニング社の歌を作ると言って、その日はやる気満々で帰って行った。

僕もわくわくしていた。

（いっそ社長を踊らせる？　農大卒業生ばりに大根踊りとか？）

コミカル路線はきついが、やるならぜひスーツ着用でやってもらいたい。

（待てよ？　野菜…たとえば色つやのいいトマトに口づけするってのも、社長のキャラクターにはアリかもしれない。「野菜よ、目覚めなさい」って感じ）

僕がそれを提案すると、遠山氏は社長ってのはなんでも屋だよとぼやいた——創業の頃は、掃除に受付、人事も経理も全部一人でやっていたのだそうだ。

「いよいよCM撮影ですね」

「側《そば》に本職がいるから、ぜひ演技指導を頼もう」

「僕が、演技？　博通堂《はくつうどう》の営業さんはたまたま知っていたけれど、僕は踊れない歌えないほとんど無名の大根役者なんですよ。そろそろ引退かなあと思っているくらいで……」

「引退して、なにをするつもりだい？　もし仕事を見つけなきゃならないのなら、うちで働く？」

スカウトされてしまったが、それもどうかと思う。

「食べることに興味のない僕を？」

「そういう君だからこそ、究極的に美味《うま》いものを探せるかもしれないじゃないか」

少しムキになって、遠山氏は言った。

そこで、初めて僕は僕の夢——脚本家を目指していることを彼に話した。

「……夢で終わるのかもしれませんが」

さして年の違わない彼が会社を経営しているのに較《くら》べ、まだまったく芽の出ない自分に引け目を感じずにはいられなかったが、彼には僕のことを知っていて欲しかった。

まったく違う業界にいるからこそ、本音が言える——その上、生活をともにしたことで、今や彼とは誰よりも近い間柄だ。

「ここんとこ少しも書けなくて、自分には才能がないって落ち込んでたんです」

「目標があるなら、精一杯頑張ったらいいよ。誰にでもここ一番の頑張りどころってあると思う。それでダメなら、諦《あきら》めもつくよ。で、書けないでいる理由は分かったの？」

「師匠が言うには、キャラクターの心の動きを追わないからだって。僕は人間をちゃんと見られていないみたい」

それにはまず、自分のことを好きにならなければいけないらしい——どんな感情も無視してはいけない、と。

自分を好きになれば、他人のことも見えるようになる。

「自分の感情を表に出すのを躊躇《ためら》うなって言われた」

「あ、それは……分かる気がするな。どうしてか、望《のぞみ》くんは喜怒哀楽を最小限に抑えようとしている」

運転するのに前方だけ見ていた遠山氏が、そこでちらと僕のほうを見た。

指摘されたくなくて、僕は自分で言った。

「傷つくのが怖いんです」

「自分で癒す自信がないんだね」

「そんなの、みんながそうじゃないですか？」

「う…ん」

遠山氏は唸《うな》ったきり、しばらく黙っていた。

信号が赤になった。

自動車が停車している間、僕は沈黙の意味を測りつつ彼の端整な横顔を眺めていたが、信号が変わって自動車を発進させたとき、遠山氏は再び口を開いた。

「傷ついたきみの顔って、どんなにきれいだろうって思うんだ」

「え？」

「ドS発言かな？」

くっくと笑う。

「オレは女性の泣き顔って苦手なんだけど、きみの泣き顔はちょっと見たい。その均整の整った顔が、どう歪《ゆが》んで、それの崩れがどれだけオレの心を揺らすのか……――」

省略された語尾に、僕の鼓動は速くなった。

「なにそれ!?」

怒った声を作ってみたものの、それをサディスティックな感情の吐露だとは思ったわけではもちろんない。

「慰めるでしょう、普通は」

「もちろん、慰めますよ。ってか、一緒に泣いたっていい」

「………」

「納得出来ないかい？」

彼はくっくと笑い声を立てた。

「好みなんだよ、顔がさ。初めて会ったときは見とれて、まともな対応が出来なくなったくらいでね……あんまり間抜けで、自分でもショックだった」

「女性じゃなくてスミマセン」

「男だって分かっても、好意は少しも減らなかったんだ。だからさ、泣いた顔も、怒った顔も全部見たいと思ってる」

「笑った顔はいただけない？」

「それは、ときどき見られるからさ。笑わせたり、喜ばせたりはこっちの努力次第でなんとかなる。だから、それ以外の、もっと違う表情が……きみが滅多に見せないような顔を見せてもらいたいと思うよ。それによって、オレがどんな気持ちになるかも知りたいしね」

「はあ」

「呆《あき》れた？」

「よくわかんない。僕は泣きたくないし、怒りたくもない。そういう負の感情は苦手なので」

「分からないかなあ、オレはどんなきみも受け止めたいと言ってるんだよ。負の感情までもね。……つまり、きみが好きってことさ」

にわかに速く鳴り始めた鼓動に、僕はただただ狼狽《うろた》えていた。

「男同士とか、そういう考えなきゃならないことはさておいて、オレはきみが好きだよ。きみと一緒にいたいんだ」

この共同生活の快適さが恋愛に繋《つな》がっているかどうかについて、彼の愛娘がやってきたり、仕事が立て込んだりで、なんとなく核心に向かう会話はなされなかった。

僕から話をふるつもりはなかった。

彼が故意に避けているのなら、このままうやむやのままにしておくのもやぶさかではない、という気持ちだったのだが……。

ハンドルにあった彼の一方の手が僕のほうへと伸ばされ、手探りで僕の膝《ひざ》にあった手をぎゅっと握ってきた。

温かくて、力強い大きな手——彼はかなり情熱的だ。

僕は握り返すかどうか迷う。

握り返せば、一時的な安心や充足感が手に入るのかもしれないが、同時にそれを失うことに怯《おび》える日々の始まりとなる。

それが恋愛の醍醐味《だいごみ》と言えば、そうなのだが……。

我知らず、僕は口走っていた。

「ち、千鶴ちゃん……」

彼が異性を愛する男だという揺るがない証拠。

「ちーちゃんは関係ないよ」

「関係…ない、かなあ」

関係ない、とは僕には言えない。

彼女を知り、やることなすことを可愛らしく思ったことが、僕を辛くも踏み留まらせる。

一足飛びに飛び込むわけにはいかない——なぜなら、遠山氏がずっと思い浮かべてきただろう幸せの形に、僕の存在は違和感だからだ。

結局、男二人では家庭は作れないし、成り立ちはしない。

「さ…三年後も、同じ気持ちだったら…ね――」

一度だけぎゅっと握り返し――それが精一杯の真心だったが、僕は彼の手をハンドルのほうに押しやった。

「三年後にまた考えましょうよ。今はただ仲の良い友達でいるのがベストだと思うので……」

彼は深々と溜息《ためいき》を吐いた。

「……ふられちゃったよ」

僕は淡く笑う。

「がっかりすることないですよ。あなたの相手になろうって人はいっぱいいるでしょうからね」

「そりゃそうかもしれないけれど……自分から好きになる相手って、なんだか難しい人ばっかりなんだよなあ」

「チャレンジャーなんでしょ」

「う…ん、そうなのかなあ。まぁ、いいや。めげないで何度でも口説く気だから」

「三年後にしてくださいって」

「三年間ずっと口説いてたら、さすがに本気と思ってくれるんだろ?」

哀れっぽく言われ、笑うしかない。

「あんまりしつこいと、価値を下げますよ。いい人扱いされちゃう」

「基本、オレはいい人だよ」

「自分で言う？　でも、いい人は必ずしも尊重されるわけじゃない。特典は小出しにしとかないと」

「ビジネスの交渉と同じか……ああ、今夜はそれがあるんだよ。押したものか、引いたものかもう分からない」

珍しく、遠山氏が仕事での弱音を吐いてきた。

話が逸《そ》れたのにホッとして、これ幸いとばかり僕はその話題にのっかった。

「遠山さんも苦手な商談相手っているんですね」

「相手は女性でね、バブルを知っている四十代前半の人」

「女性は得意なんじゃ……？」

「大抵の人はね。花とワインでなんとかなりますよ。でも、この世代だけは違うんだなあ」

「ふうん？」

「いやいや、世代じゃない…な。やっぱり彼女が苦手なんだよ。それに、僕としては、こちらの分野に手をつけることに、どうも最初から抵抗があってね……」

忌々《いまいま》しげに、せっかくキマッている髪をがしがしと掻《か》く。

僕が相槌《あいづち》で促す必要もなく、遠山氏は抵抗を感じているビジネスについて話し始めた。誰かに話すことで、頭の中を整理したかったのだろう。

それによれば――ここ半年ほど、遠山氏は某社の女性社長と頻繁にコンタクトを取っている。海外の美容やダイエット食品を輸入し、通信販売している会社である。

ハッピー・ダイニング社に寄せられたアンケートには、今後の課題として、美容やダイエット関連の食品開発および販売が上げられており、一部の女性社員たちが並々ならぬ熱意で賛同を表明したのがきっかけだった。

きれいに痩《や》せたいというのは女性の永遠のテーマだというのに、国内の製品は価格や味で海外の製品に劣り、一方海外の製品は安全性に疑問がある。

ならば我が社が開発を…ということで人脈を当たったところ、その輸入食品の会社社長が紹介された。

しかし、輸入でそれなりの業績を上げてきた女性社長は、開発に資金援助することになかなか首を縦にふらない。

そのくせ、多くのアイディアは提供する…――と、煮え切らないもったいぶった態度を取り続けているのだ。

「接待が足りないのかとあちこち連れてったりしたんだけど、どうも今一歩なんだよな。打ち解けてもらえたって感触がない。あの世代は一通りのことをやっているから、ありきたりじゃダメなのかねえ？　そろそろオレは種切れだよ。だけど、誘えばのってくるし……一体彼女はなにが欲しいんだろう？」

「結局、あなたに口説かれたいんじゃないの？」

こんな姿のいい青年は連れ歩きたくなるものだろう。

「…って、望くんが言う？　複雑な気分になるなあ。でも、まぁ、オレは彼女の好みじゃないらしいんだ。ビジネスがらみで出会ったんだから、恋愛する気はないわと最初に言われてるし…さ」

「なのに好きになってしまった…って、迫りまくって欲しいのが女心ってもんじゃないの？」

「約束が違うわよ、って席を立ちそうな感じなんだけど…――うう…む」

ぶつぶつ言う遠山氏に、同世代の若者の迷える表情が浮かんでいる――会社にいるときの社長の顔ではない。

（こんな顔もするんだね……）

眉間《みけん》に皺《しわ》を寄せて思案する様子に、ぐっと親近感が増す。

今、僕にだけ見せている顔は、社員たちには決して見せない顔だった――迷い、ぐらつく社長なんて、彼らは絶対に見たくないだろう。

彼はカリスマでいなければならない。

溜息を吐いて、遠山氏は言った。

「正直なところ、オレはダイエット食品って好きじゃないんだよな」

「太った女性が好き？」

「いやいや、そういうわけじゃなく……単に、あの手の食べ物は美味くないってそれだけさ。カロリーを控えると、どうしても味に幅がなくなるからね。美味くない食べ物は売りたいとは思わない」

それは、分かる気がした——美容やダイエット食品は、なんとなく株式会社ハッピー・ダイニングにそぐわない。

美味しいものをもりもり食べて、もりもり働くというエネルギッシュなイメージがあるからだ。女性社員たちはよく働き、僕の目にも美しく見える。ダイエットなんかしなくても彼女たちは充分に魅力的だ。

「もう昼だね。とにかく、なにか食べなきゃ」

いきなり、遠山氏はハンドルを切った。

「肉にしよう。ぽたぽた脂《あぶら》が落ちるようなやつ」

胸焼けがしそうだ。

「あなた、よっぽどダイエットから遠ざかりたいんだね」

「新小岩《しんこいわ》にオープンした鉄板焼き店がそろそろ半年、抜き打ちチェックに行くのにちょうどいいよ。これくらいだとダレてくるから、喝を入れてやらないと」

遠山氏にぜひにと頼まれ、その夜、接待についていくことになった。

そのためにスーツを買ってもらうのは気が引けたが、久しぶりに体型に合った服を着られるのは悪くなかった。

「さすがタレント、着こなすねー」

そう遠山氏に褒《ほ》められたのがくすぐったかった——僕的には、所詮《しょせん》サラリーマンのコスプレだからだ。

女性社員たちにも口々に似合うと言われた。

「麻木さんって、やっぱり美形だわ。お堅いのもよく似合う」

「このままうちに勤めてもいいよ。秘密兵器として」

社長はそれを猛烈に支持した。

「そうだ、秘密の最終兵器！」

さて、くだんの女社長と会ったのは、イタリアンの有名店だった。

四十代と聞いていたが、彼女は驚くほど若く、スタイルも良く、せいぜい三十代半ばほどにしか見えなかった。

自分が広告塔として立てないようなら、美容やダイエット食品の会社を繁盛させたりは出来ないのだろう。

「こちら、友人の麻木くんです。緑川《みどりかわ》さんの会社に興味があるとかで、今夜ご一緒させてもよろしいでしょうか？」

「ええ、もちろんよ」

彼女は僕の同席を喜んだ。

こういう女性のことは少し知っている。

友人の三上《みかみ》のパトロネスが、こうしたお金のかかった女性だった——緑川氏よりもう少し年上で、結婚紹介所を経営している。

彼女たちの傾向として、連れ歩く男に求めるのはルックスだ。マダムに意見を言ったり、対等に口を利くような頭は持っていないほうがいい。

三上はわざと口を少し開け、返事をワンテンポ遅らせるようにしていると言っていた。せいぜいマダムに侮ってもらうために。

それから、おねだりも彼女たちを喜ばせる行為のひとつ。なにも要らないという謙虚さよりも、物欲しげな愚かしさのほうが好まれるのだとか。

(この女性の腹のうちはなんだ？)

彼女の遊び相手として遠山氏は上等すぎだ。とはいえ、美男の彼と同席する特権は手放したくない。

ビジネスを餌《えさ》に会っているけれども、本当は仕事の話なんかはしたくないと思っているのではなかろうか。

彼女の会社はこのままでも充分利益を出しているので、少しでも危険があることに手を出すつもりはないだろう。たとえ共同でなにかすることになったとしても、必ず自分のほうが優位に立たねばならないと思っているはず……。

「あなた…麻木くん？　遠山さんのところの社員さんではないのね」

「友人です。飲み友っていうのかな？」

「なかなかすてきなルックスだけど、普段はなにを？」

「売れないタレント…なんですよ」

単にフリーターと言うよりも、彼女の気が引けると踏んでいた。

「へえ、そうなの。なんとなく見たことがあるような気がするわね」

言われて、僕は目薬を差すジェスチャーをしてみせる。

「あ、ああ！」

「最近もさりげなく出させてもらってます」

「わたし、あなたのことを知っているわよ。栗山千明《ちあき》劇団のパフォ集団『エッジ』のメンバーだったことあるでしょ？　初期の頃、三上光平《こうへい》なんかと一緒に出てた……」

「もう五年も前の話ですよ、よくご存じで」

「一番きれいな子が踊れない、歌えないじゃ目立つわよお。案の定、数か月で交代させられてしまったみたいね」

遠慮なくこういうことを本人に向かって言ってしまえるのは、タレントを見下せる立場にいると自認しているからだった。

（まあ、本当のことだし…ね）

僕は肩を竦め、面目ないと言った。

「どうもリズム感がありませんで……当時は、三上たちに随分と迷惑をかけました。僕の代わりに戸田《とだ》が入って、ホッとしたくらいなもので」

「メンバーとはもう会わないの？」

「まだ同じ劇団『ボーダーライン』にいますから、ときどきは会いますよ。三上とは大学が一緒だったもので、よく声をかけてもらってます」

「まあ、そう」

女社長は目をキラキラさせ始めた。

僕とは同期の友人だが、今や劇団を背負って立つ三上光平は、イケメン若手タレントとしてドラマに映画に引っ張りだこだ。

三上は自分の欲しいものを知っているしたたかな男なので、努力する一方、利用できる人脈は徹底して活用した。媚《こ》び、へつらいも躊躇いなくやった。

下品な男だと蔑《さげす》む人間もいたけれど、僕自身は三上を軽蔑《けいべつ》しきれない――目的のために邁進《まいしん》する三上はすごいと思う。

あれはあれでいい。

三上はよくやったし、やっただけのことになったのだから。

「ね、わたし、彼に会いたいわ。会えるかしら？」

「忙しい男ですからね……でも、あなたみたいな人が会いたいと言っていると話せば、きっとなんとかするでしょう」

「うふふふ」

財力を持った女性というのは、もっと同性を羨《うらや》ましがらせてやろうと、自分に侍《はべ》る若い男を常に求める。

売れないタレントの僕なら当然思いのままだと思うだろうし、それなりに名が通った三上光平ならばもっといい。

「で、きみはわたしにどういうお話があるのかな？」

「僕の俳優仲間がですね、社長さんのところのダイエット・ドリンクで短期間で痩せたんです。失恋でものすごい太っちゃったのに、仕事が入って、そりゃもぉ大慌てで。それがあんまりミラクルだったもんだから、僕の伯母にも勧めたんですよ。心臓に悪いから、痩せろって担当医に言われたって話だったし……――」

「それで、うちの製品で伯母様は痩せなかったのかしら？　女性のほうが、効果が現れるのがちょっと遅くなるのだけれど」

「それがですね、僕がせっかく送ってやったのに、あの人、使わなかったんです。うちの伯母はね、生協とかを広める活動をしていた人で、添加物とか色素とかにものすごく敏感なんですよ。社長さんの商品は外国製で、成分とかは英語で書いてあるでしょう？　伯母には読めない。で、怖いとかなんとか言っちゃって……六十過ぎて、肥満で、身体に悪いもなにもないってのにね」

打ち合わせ済みの内容とはいえ、僕の舌は自分でも驚くほど回った。

せっかく遠山氏が弱味を見せてくれたのだ、ぜひ彼の役に立ちたいという思いが僕にちゃんと演技をさせていた。

ジッと相手を見つめて話す三上の真似は効果があった。

女社長は僕に微笑《ほほえ》みかけてきた。

「あらあ、そうだったの。参考になるわ。日本語表示のシールでも作って、貼《は》りつけるようにするのも、今後は大事かもしれないわね」

「でね、その話を遠山さんにしたんですよ。そしたら、遠山さんのところの商品で、特に痩せられるって宣伝はしてないけど、社員さんが美味しく痩せられたって……——ええと、なんでしたっけ？」

「群馬《ぐんま》のこんにゃく麵《めん》、スープ三種類六食セットだよ」

「そう。それを伯母に送ってやったんです」

「痩せた？」

「ちょっとは痩せたみたい。安心して食べられたし、美味しかったなんて言ってましたよ。でも、ミラクルな痩せ方はやっぱりしないなぁ……」

「一食分のカロリーは？」

「さあ？」

僕が遠山氏のほうを向くと、女社長も彼を振り返った。

遠山氏の答えに女社長は興味を示し、そこから一気にこんにゃく麵をどう味付けるか、こんにゃくには他に応用はないかという話へと雪崩《なだ》れ込んだ。

二人に真面目な話ばかりさせず、ときどき僕が口を出し、素人考えを言っては笑いをとるというのを心懸《こころが》けた。

たとえば、基本の味について、

「ゴマ、醤油《しょうゆ》、味噌《みそ》でしょうね。やっぱり、日本人の好みと言ったら」

と、二人の意見がまとまったところで、僕はわざと言ってやる。

「僕はマヨネーズが好きなんだけど」

「麻木くん、マヨラー？　カロリー高すぎよ」

「じゃ、ソースは？　おたふくソースはダメですか？」

「あれは飽きるよ」

「ねえ、焼きそば味を作ってくださいよ！」

「麻木くん、駄菓子の『うますぎる棒』と勘違いしてないか？」

僕の脱線を交わしながら、二人の社長は一生懸命に話を進める。

要するに、会話にリズムをつけてやればいい。

軽快なリズムに乗って、遠山氏がこれまで持っていけなかった具体的なところまで、話はどんどん進んだ。

こんにゃく芋《いも》とフィッシュ・コラーゲンを主成分に、ローカロリーで美味しく、保存のきくダイエット食品を二社が共同でプロデュースする。

開発は、委託の予定――遠山氏は大手インスタント・ラーメン製造会社の研究室にコネがあり、女社長のほうは製薬会社にコネがあることが明かされた。

「美容やダイエットなら、製薬会社でやってもらうほうがいいかもしれませんよ」

「でも、遠山くんはダイエット効果よりも味を優先させたいのでしょう？　それに、インスタント・ラーメン会社なら、保存方法はお手のものよね」

「いやいや、安心感のほうが大事でしょう」

そこで、わざと歌うように僕は言う。

「日本人による日本人のためのダイエット～♪」

「きみがＣＭに出るかい？」

「きれいなお姉さまが好きです、とか言っちゃいます？」

僕が意味ありげに彼女を見ると、女社長はうふふと満更でもないという顔をした。

「麻木くんって可愛いのね。遠山くんも見習いなさいな、お堅いばかりじゃダメなのよ。気持ちよく口説いてくれなきゃ。ね？」

「でも、社長さんは、三上のほうが好みなんでしょ？」

「拗《す》ねないでよ」

頬《ほお》をぺたぺたと触ってくる――僕はじっと我慢の子だ、他人に触られるのはやっぱり嫌だ。

「なんだか面白くなってきたわあ！　最初はメンドクサイかな～と思っていたけど、案外チャッチャとやれそうじゃないの。今夜は前祝いよ。いっぱい飲みましょうね！」

カラオケで歌わせ、バーで飲ませて、比較的早い時間に女社長をへべれけにすることに成功した。

僕と遠山氏とで左右を支え、タクシーで自宅へと送り届けた。

迎えに出てきたのは、ちょっとびっくりするほどの巨漢の男性――彼女の夫だという。

「ったく調子に乗って、こんなに飲んで……」

「だって両手に男子よ？」

夫に支えられながら、女社長は振り返った。

「麻木くん、絶対に三上くんに会わせてよね。一緒に写真撮りたいのよ」

「了解です」

「では、緑川社長。またご連絡します」

カケラも酔った様子のないフォーマルな遠山氏に、女社長の旦那《だんな》さんは恐縮した様子ですみませんと頭を下げた。

「この人、仕事のことはちゃんと覚えてますから」

そうでなくては困る。

僕たちは再びタクシーに乗り込んだ。

銀座まで戻る道すがら、遠山氏は僕を見直したとばかりに褒めまくった。

「望くんって、すごいんだな。営業の才能があるよ。……いや、やっぱり役者なんだね」

「なに、おおよその台本があったからですよ。太鼓持ちとか、狂言回しの役割がちゃんと分かった気がしました」

「お陰で、今日ははぐらかされることなく話を進められたよ。彼女が危ない橋は決して渡らない、賢明な社長だってことも分かった。納得だよ」

収穫は大きいと唸った後で、彼は少し遠慮がちに聞いてきた。

「ところで、俳優の三上光平とはどういう関係？」

「どういうって……――」

三上とはそれなりに長いつき合いだ。

旗揚げしたばかりだった劇団『ボーダーライン』の公演に足繁《あししげ》く通うようになったのは、確か大学一年の夏くらい。

立ち見席で何度か顔を合わせるうち、会話するようになったのが三上だ。

偶然にも、二人は同じ大学の学生だった。

大学二年の学園祭で、三上は僕が書いた脚本で劇を上演した。

僕らは就職活動はせずに、一緒に『ボーダーライン』の新人オーディションを受け、三上は団員として、僕は研究生として拾われた。

その後、三上は着実にスターへの階段を上って行き、僕は細々とタレント業をしながら、栗山先生について脚本の勉強を続けている。

「恋人？」

「…っていうか、僕らは青春の一時期を一緒に過ごした同志なんです。少なくとも、三上のほうは僕を恋人とはみなしてはいなかったと思う」

「利用されたとか？」

「そうなのかな。三上は金遣いが荒くて、住んでいたアパートを追い出されて僕のところにいた時期もあったけど、その間一円も入れてくれなかった。お金を出してくれる女性が現れて、さっさと出て行ってしまいました」

「それは薄情な男だな」

「優しいところもありましたよ。僕がもう脚本は諦めたいとペンを投げたとき、誰が認めなくても、自分だけは僕の才能を信じていると言ってくれた」

「ふうん」

「しばらく会ってないけど」

銀座の街はまだ眠らない。

二十四時間開いている携帯電話のショップを見つけ、僕は運転手に自動車を停《と》めてくれるように頼んだ。

「電話を復活させないことには、三上と連絡が取れません。あいつ、しょっちゅうナンバー変えるんで、そらで覚えてないんです。携帯の登録を見ないと分からない」

「携帯……──ああ、そうだったよ。あのとき、きみの携帯は壊れてしまったんだよね。買わなきゃいけない」

遠山氏はすまながって、いろいろと便利そうな最新機種を選んでくれた。

時間が時間だからと変更手続きは翌日以降になり、すぐに使用というわけにはいかなかったが、データの移し替えだけはしてもらえた。

とはいえ、人づき合いの悪い僕のデータは微々たるものだ。

「早速三上に連絡してみましょう。電話を貸してください。もしかしたら、この辺にいるかもしれない。あいつ、遊ぶのは大抵六本木《ろっぽんぎ》か銀座なんです」

アドレス帳で三上の名前を選び、僕は遠山氏に携帯を貸してくれるよう要求したが、彼は渡してくれなかった。

「もう遅いから、今夜すぐに連絡をつけなくてもいいよ」

「大丈夫ですよ、こんな早く寝てるわけないから」

役に立てるのが嬉しくて、僕は少し気が逸《はや》っていた。

「善は急げと言いますでしょ。大体、時間を気にするようなやつじゃないです。都合が悪ければ出ないだろうし……」

「そうかもしれないけど。でも、今日はいいから」

液晶から顔を上げ、僕は遠山氏を見上げた——流れに乗らない彼が不可解だった。

「いいの？」

「いいんだ。とりあえず、もう帰ろう」

腑《ふ》に落ちないまま、僕は新しい携帯をポケットに滑り込ませ、遠山氏と肩を並べて歩いた。

遠山氏の歩幅がいつもより広くて、僕は少し小走りになった。

早く動くと、やっぱりまだ脇腹《わきばら》に響く。

気づいて、彼が速度を緩めた。

「タクシー停めようか？」

「すぐそこだから、大丈夫」

しばらく僕たちは黙って歩いたが、不意に彼が言った。

「……オレ、嫉妬《しっと》したんだ」

「え？」

遠山氏はポケットに手を入れて、肩を竦めてみせた。

「望くんが、三上光平に連絡をつけるのが嫌なんだよ」

「それは、だって、緑川社長の接待のためでしょう？　僕と三上はもう終わってますよ。もともと僕は同性愛者じゃないですし……」

「そうかな？」

切り返され、僕はひるんだ——正直に言えば、セクシャリティはいつもぐらぐらしている。

僕自身は異性愛者のつもりでも、性的関係となるのはいつも決まって同性だ。

半ば無理矢理そういう関係に持ち込まれるが、僕は被害者で居続けることも出来ず、大抵はなし崩しに彼らを受け入れてしまうのだ。

そして、去られては傷つく。

好意を持った女性には、まだ一度も告白したことはなかった。

デートに誘ったこともない。

拒絶されるのが怖くて、勇気が出ないのだ。

(僕は女性が怖いのかもしれない)

どうしてもあの母と重なってしまう。

産みの母のくせに少しも僕を可愛がらず、再婚相手の顔色ばかり窺《うかが》っていた。父違いの弟のほうも愛さなかったなら、僕は母を憎まずに済んだのかもしれない。

大人になった今では、そうするのが彼女の保身だったと理解はしているが、求めても、退けられる悲しさ、虚《むな》しさは嫌というほど味わった。

僕は自分からは人に近づけない。

他人は僕を傷つける。

「少なくとも……僕から、男性を、好きになったことはないんです」

「そう？　でも、無意識に誘ってないか？」

僕は激しくかぶりを振った——そんなつもり、まったくない。

「どうしてオレはきみに惹《ひ》かれているんだろう？」

途方に暮れたように、遠山氏は言う。

「知りませんよ」

僕のほうが聞きたいくらいだ。

「きみは罪作りだ」

「まさか…あなた、僕があなたを誘ったと言いたいの？」

視界がやわやわと歪み、僕は顔を背けた。

冷水をかけられたかのように身が竦む——好意を感じていた人に、こんなふうに軽蔑的に言われるのは絶望だ。

「ごめん、意地悪を言った」

慌てて遠山氏は謝ってきた。

「傷つけるつもりはなかったんだよ」

「……」

「たぶんオレはひどく嫉妬しているんだ。しばらく一緒に暮らして、とても好意を抱いているってのに、今日はオレがきみのことをなにも知らないと思い知らされたからね……。緑川社長の前で、きみはとても魅力的に振る舞い、オレがお願いした以上のことをやってのけたよね」

「あ…あれは、ちょっと三上の真似をしてみただけで……」

「物静かで、あまり笑わず、少ししか食べない——およそ生気のないきみが、別人のようだった。きみはオレが知らない世界の人間で、いずれはそこへ帰ってしまうんだろ?」

切なげな声音を聞いて、僕は顔を上げた。

彼の横顔を色とりどりのネオンが取り巻く。鮮やかな光に包まれながらも、彼は黒く滲《にじ》み、とても寂しそうに見えた。

社員に慕われ、精力的に仕事をこなす社長であっても、幼いときに両親を失った孤独は癒えないままなのだろうか。

家庭を求め、早くに結婚したのかもしれないが……ああ、彼は妻と娘に去られてしまったのだ。そして、僕も一人。

僕らは一時だけ、孤独な者同士で肩を寄せ合って暮らした――ほんの一時だけ。

「うん――僕はタレントだし、あなたは実業家だ」

「そうだね」

「僕は脚本家になるつもりだし、あなたは会社をますます大きくするよ。お互い、とても忙しくなるよ」

「独りぼっちで?」

「あなたは、一人じゃないでしょ。社員たちはみんなあなたが大好きだよ。それでも、寂しいって言う?」

彼は答えた――寂しい、と。

(僕たちの接点は、たぶん今一時だけなのに……)

寂しいと弱気な発言をした遠山氏を、僕はこれ以上撥《は》ね付ける気にはなれなかった。

僕の寂しい人生の中で、この数週間ほど誰かに大事にされ、構われたことはなかった。まだ一緒にいるというのに、その相手に寂しいなどと言わせておきたくはない。

ハッピー・ダイニング社のビルの裏手に出る路地に曲がったところで、思い切って僕は腕を伸ばし、遠山氏の手を握った。

遠山氏が足を止めた。

手を繋ぎ、道端で歩みを止めてしまった僕らのすぐ傍《かたわ》らを、邪魔だとばかりに自動車がクラクションを鳴らしながら通りすぎて行く――が、見つめ合う僕たちは気にしなかった。

「……望くん」

彼を見上げて、僕は囁《ささや》いた。

「僕が誘ったってことにしてもいいよ」

「いや、好きになったのはオレだよ」

遠山氏が首を傾けていくのに合わせ、僕も首を傾け……僕たちはおずおずと口づけを交わした。

唇を放し、彼が囁いた。

「これだけは覚えてて。好奇心なんかじゃないんだよ」

たとえそうだったとしても、僕は構わなかっただろう。こんな心が震えるようなキスをしたのは初めてだった。

繋いでいないほうの手で、遠山氏が僕の髪を掻き撫《な》でる。

「好きだよ」

こめかみに口づけが落とされた。

彼はこそっと言った。

「ねえ、知ってたかい？　緑川社長にきみを持ち帰られないように、オレは必死で彼女を酔わせたんだよ」

「そうなの？」

目を合わせ、僕たちは同時にくすっと笑った。

「それでよかったんだ。実を言うと、僕はほとんど女性との経験がないから……もしそうなっていたら、せっかくの接待がパーになっていたかもしれない」

「いや、きみは上手にこなしたはずだ」

「演技派と言われたことは、かつて一度もないんだけど……」

「オレのやり方を教えようか」

「うん、教えて」

身体が浮いてしまうくらい引き寄せられ、唇に唇が深く重なった。

弾力ある唇が僕の薄いそれをしっとりと押し包み、角度を変えて吸ってくるのに、僕はされるがままだった。

どう応《こた》えたらいいのか分からない。

分からないから、彼がすることに全神経を傾けるだけ……。

「瞳が、濡《ぬ》れてきたよ」

「いつも…こんな？」

「ん……さすがにね、今日はかなり余裕ないよ」

鼻の先を僕の鼻先に擦《こす》りつけ、彼は照れ臭そうに笑った——きらりと閃く瞳《ひらめ》のあまりの近さに、僕は小さく生唾《なまつば》を飲んだ。

「……好き」

絞り出した声は掠《かす》れていた。

「想定外の出会いをしたね」

「いや、オレは待っていたよ。ずっとね」

そうロマンチストは言った。


僕たちは酔っていたのかもしれない——飲んでいたアルコールはもちろん、出会うはずのない二人が出会っていたという奇跡の認識に。

抱き合おうという気持ちになるのは必然だった。

小さなキスを繰り返しながら階段を一段また一段と上り、ようやく辿《たど》り着いたベッドの上で転がった。

電気も空調も、音楽をつけようという発想すら湧《わ》いてこなかった。

お互いの他に何もいらなかったし、いわんや快適にしなければ…などと考える余裕はまるでなかった。

几帳面《きちょうめん》な彼がスーツを脱ぎ散らし、僕の衣服も剥《は》ぎ取った。

ブラインドの隙間《すきま》から斜めに差し込んでくるネオンや、周りのビルの窓に乱反射する信号機や自動車のライトなどに裸体をまだらに染めつつ、僕たちは隙間無く身体を重ね合わせた。

僕の丸みのない痩せた身体に、最初、彼は驚いたかもしれない。

その密《ひそ》やかな戸惑いを口づけで溶かしてやりながら、僕は必死の思いで相手の身体へと手を伸ばした——ただ夢中になってほしくて。

完治していない身体にはふとした拍子に痛みが走るが、この程度で死ぬことはないだろうと我慢する。それよりも、僕を抱き締めてくれる彼の身体が今離れたら、それこそ死ぬような失望を抱くのは間違いない。

遠山氏はいつものような細やかな気づかいを失っていた。

彼らしくないがむしゃらな勢いで抱き寄せてくるのが、僕には愛おしく思えた。

唇へのキスが、頬や顎《あご》、首筋へと降りてきて……——。

「……ああ、分からないよ」

僕の耳たぶを噛《か》むようにして、彼が呟《つぶや》いた。

「きみを気持ち良くさせる方法が、オレにはよく分からない」

「たぶん、あなたと同じだよ。基本的には」

「同じ？　そうか、そうだね……同じなら、なんとかなるのかもしれないな。上手く出来ないかもしれないけど、初心者だから許してくれよ」

「許すもなにも……」

思わず、笑ってしまう——こんな遠山氏は知らない。かなり可愛い。

「大丈夫、基本は一緒だから。男も女も、好きな人に触られるのは嬉しいでしょ」

「嬉しいかい？」

「すごく」

「よかった」

そう、すごく嬉しい——汗ばんだ皮膚や熱いほどの体温に包まれ、僕のと違う汗の匂いを嗅《か》ぐことが。

リアルに僕が一人ではないと感じられる。

（大丈夫…かな？）

嫌がられるかもしれないという心配をしつつも、僕は彼の手を取って、思い切って僕が興奮していることを伝えてみる。

「ああ、きみだね」

喘《あえ》ぐように言って、彼は僕のそこを握り締めた。

じん…とくるものを感じたのは、それそのものではなく、心だったかもしれない。胸の底がにわかに熱くなった。

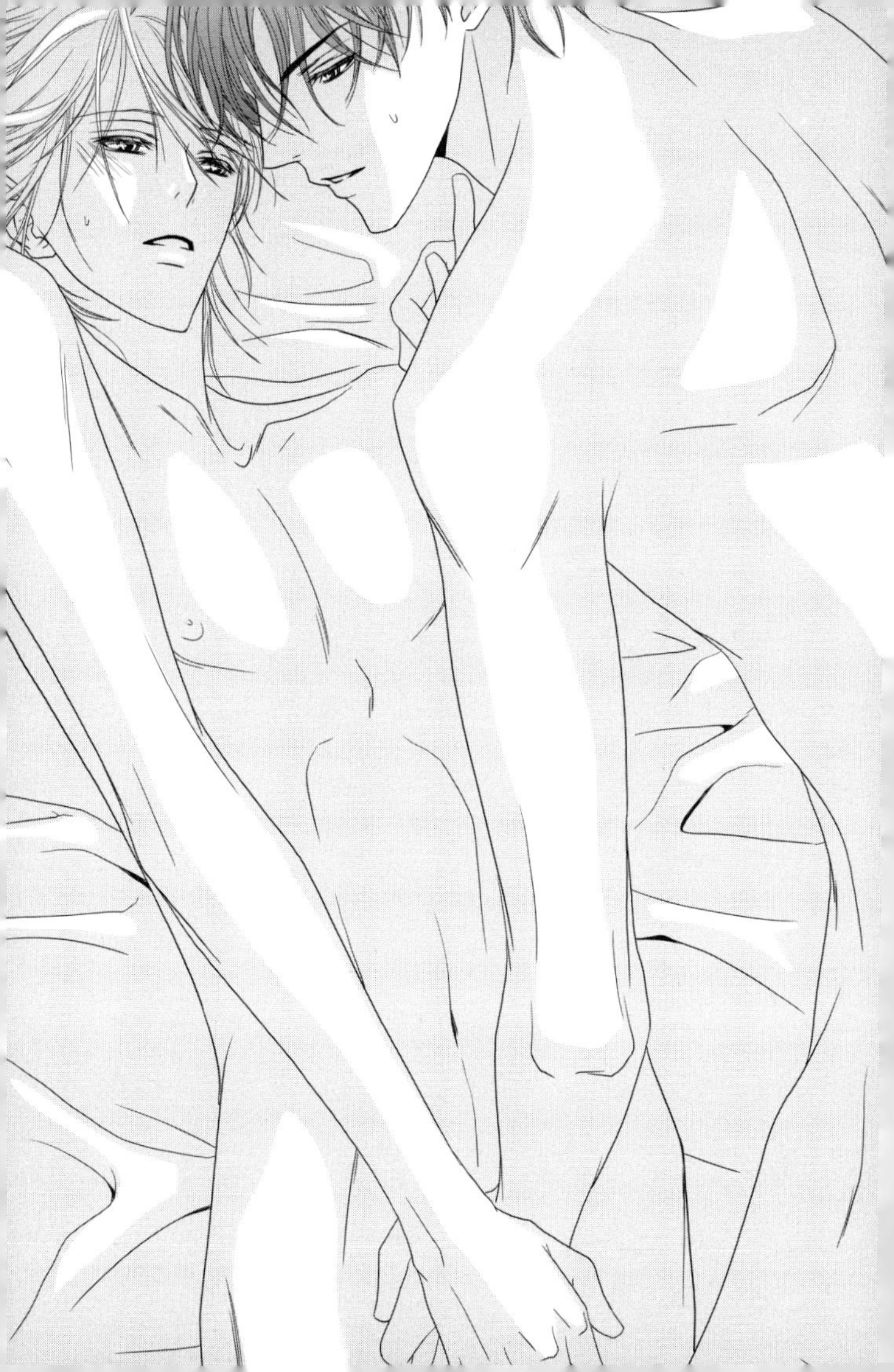

「ここ…こういうふうにしたら、気持ちいいかい？」

聞きながら、もうすでに彼は始めていた。

「普通の男はそうだと思うけど、オレは自分以外の人のものに触ったことはないんだ。なんだか不思議な感じがする」

「……僕、男なんだ」

事実を口にして、僕の目頭は熱くなった——そうする必要もないのに、自分を晒《さら》け出しすぎてしまった気がした。

「うん、男だよね」

そう軽く頷いた後で、遠山氏はふうっと溜息を吐いた。

「オレ、かなり感動しているよ。自分の手の中でこう…ビクビクッてするのが、もろに命って感じがするから」

「……恥ずかしいよ」

「触りすぎかな？」

「い、いいけど……」

「またちょっと硬くなった」

「そ、そんな…したら、ダメ」

扱《しご》き立てる手が性急すぎて、足を閉じたくなってしまう。

「オレと同じじゃなかったっけ？　これ、気持ち良くない？」

「……あ、あぁ」

抑えようもなく、身体が撥ねてしまう。

「可愛いなあ、望くん」

彼は身体を少しずり下げ、僕の胸に口をつけた。

「……！」

僕は息を呑《の》んだ。

そこが感じるということを、知られてはならないと思っていた。女性を思わせる感じ方を一切してはいけない、と。

「隠さないで。ここ、男も感じるんだよ」

遠山氏が囁く。

「こうされながら、ここを舐《な》められると、オレだって声が出るときがある」

「そ…そうな、の？」

「後でやってみたらいい」

「……今、僕も触っていい？」

「いいよ」

僕は彼の身体をそろそろと辿った。

これまで誰かとしたセックスは相手に翻弄《ほんろう》されるばかりで、僕が自分から相手の身体に触れたことはあまりない。

与え、与えられるセックスは初めてなのだ。

（いい身体してるなぁ）

高校時代はバスケット、大学時代はサーフィンとスノーボードを楽しんだと聞いた。スポーツクラブに行くときは、最初に五キロくらい泳ぐとも。

筋肉質で、肌は滑らか。

そこに浮いた玉の汗が輝いている。

僕は盛り上がった胸に顔を埋め、小さな突起にしゃぶりついた。そうしながら、左手を下ろして行き、腹筋の波を越え、ざらりとした陰毛に触れた。

目指していたものはさっきから何度も膝頭に触れていたが、その大きさや力強い脈動を直《じか》に手にするのは怖いほどだった。

「強く握ってよ」

言われるままに握り締め、僕は溜息を吐いた——確かに、これは命だ。

遠山裕一郎そのものと言える。

「……感動する」

胸に舌を這《は》わせながら、小さく言った。

「ね？」

彼が僕の髪を撫でる。

僕は、僕たちがものすごく近い場所にいることを意識しながら、彼の欲望を手に、胸の突起をぺろぺろと舐めた。

それはうっとりするほど快楽的なことだった。

やがて、彼の呼吸が変わった。同時に、手の中にあるものの重量がぐっと増した気がした。

「――……っ」

僕は伸び上がってキスした。

待ちかまえていたかのように、彼は深く僕の唇を貪《むさぼ》ってきて、口の中に舌を侵入させた。熱く湿った場所を掻き回される感覚に目眩《めまい》がしてくる。

（……セックスみたい）

身体の内側が騒ぐ。

僕もまた息を弾ませ、彼の舌に自分の舌を絡ませた。

「……ん、ん、ん」

溢《あふ》れてくる甘い唾液《だえき》。

息苦しいキスの合間に僕は言った。

「す…好き」

「オレもだよ」

「あなたが、好き」

自分の気持ちのありったけを投げ出す。

そんな僕を彼が抱き締める。

「……放さないぞ」

「うん。そぉ…して」

足をきつく絡ませ、身体を揉《も》み合うようにし、汗まみれになって、僕たちはシーツの上を転がった。

熱い。

お互いの肌が熱い。

呼吸も熱かった。

でも、もう離れてはいられない。

隙間無く重なった二人の間で、欲望の象徴が喘いでいた。

僕たちのキスは続いた——どちらの思いが強いかを競うかのように、所嫌わず、手の指先から足先まで、僕たちはお互いにキスの雨を降らせ続けた。

ついに彼が僕のそこに口づけした。

僕もそれに倣《なら》った。

相手の足の付け根に顔を埋め合うその体勢は、とても大胆なものだったが、僕たちは相手の身体に快感を与えることに夢中で、羞恥《しゅうち》も躊躇いも感じなかった。

幹を刺激しながら、舌でぐるりと周囲を辿る。

先端を舐め上げ、ときには吸って……。

感じ、感じさせる快美――僕は今までこんな触れ合いを知らなかったし、想像もしたことすらなかった。

瞬く間に僕は登り詰めた。

我慢はきかなかった。

「は…放してっ」

身を引き剝がしかけた僕をぐいっと戻し、達するのを励ますかのように彼は強く舌を使った。

「い、いいの?」

彼が頷いた気配を感じた途端、僕は腰をくねらせた――彼の口を汚す罪悪感に、解放の喜びがいやまさる。

「あ、あ、あああああ」

彼の温かい口の中に僕は吸い込まれた。

全《すべ》てを吐き出して、ぐったりと身体を伏せたところは彼の腹部だった。すぐ側に縦長のへそと屹立《きつりつ》したものがあり、僕は再び口に含んだ。

まだハアハアと呼吸は荒かったが、彼のそれをもっと味わいたかった。唇が記憶するくらい愛したかった。

萎《な》えた僕を彼はまだ舐めている。

丹念に舐《な》め回す舌は根本から後ろへと回り、二つの球を収めた薄い袋に達した。危うい刺激に僕が身を縮めたとき、彼はもっと奥へと舌を伸ばした。

「あ……ダメ、そ、そこは――」

「ここ、苦手？　経験はあるんだよね？」

「ある…けど――…あ、あっ…ん、ん」

舌は狭間《はざま》を行き来していく。

拒絶するつもりはなかった。

その行為は好きではなかったし、それほど手慣れてもいなかったが、彼が欲しいと言うのなら……喜んで、僕は身体を開くつもりだ。

犯されるだけだった僕が、初めて誰かに身体を捧げようと思っていた。

「ゆ、指が…――」

それでも、入ってくる指はやっぱり異物だった。

無意識に身体が逃げを打ってしまう。

「嫌かな？」

僕はかぶりを振った。

「……だけど、少し怖いかも」

「痛い思いを？」

「痛いばっかりではないんだけど……」

「もっと濡らすよ」

指をやめて、彼は口を使った。舐めて、吸って…また舐めて、綻《ほころ》びかけの場所へ硬くした舌先を押しつけた。

滅多にない美男の彼が僕の足の間深くに顔を埋めているのを思うと、申し訳ないやら恥ずかしいやらだったが、僕は再び興奮し始めた。

気づいて、彼の手が僕を捕らえた。

前を揉み込まれながら、後ろを舐め解かれるうち、僕の内側はどろどろに熱く溶け、まともなことはなにも考えられなくなってしまう——獣みたいに息が荒くなってくる。

肩で息をしながら、彼のますます充実したものにしゃぶりついた。

夢中だった。

（ああ、これで貫かれたら……——）

この太いもので突かれ、深々と抉《えぐ》られるのは……どんなにか辛《つら》いだろう。辛いという単語を選びながらも、僕はどこかうっとりとしていた。

「あ、あっ、ああ…ん」

舌が深く入り込んできて、身も世もなく悶《もだ》える。

身悶えつつも、彼の先端を舌先で強く抉った。じわりと染み出したものを吸い上げ、なおも舌先で刺激し続ける。

一層それが大きくなった。

(ど…どうしようっ)

愉悦と苦痛の予感。

ドクドクと激しく脈打つ幹を握り締め、僕はヒステリックにしゃくり上げた——自分が泣く意味も分からないまま。

優しくされるのに慣れていないせいかもしれない。

あるいは、かつて同じ行為を他人にされたときに感じた屈辱が思い出され、混乱しかけていたのかもしれない。

やがて、ぐいっと奥まで指が差し入れられた。

「は……」

長い溜息でそれを迎え入れた。

痛みは感じなかった。

彼の差し入れた指が探している場所を知らせたくて、僕は少し身体を捻《ひね》り起こし、腰をもじりと動かした。

ヒビの入った肋骨に痛みが走ったのと、そこに彼が触れたのは同時だった。

「――あ…ううっ」

「ここ…だね？」

その場所を指で圧迫され、僕はがくがくと首を縦に振った――一気に増した射精感に下半身が小刻みに震える。

容赦なく、彼はそこに刺激を加えながら、僕の先端に口づけた。

「あっ、あ…ダメ、だ……」

逃げかかった腰を摑まえられる。

「ダメ…ああ、ダメ」

汗が噴き出す。

頭を振り、シーツに爪を立て、僕は口走る。

「い…入れてっ、あなたを…――」

「オレが欲しい？」

「ほ、欲しい……」

自分の淫《みだ》らな要求に、熱が耳にまで走った。

指が引き抜かれた。

僕がその衝撃に指を噛んで耐えている間、彼は起き上がった。

「まだ身体は痛いんだったよね……？」

「だ、大丈夫……だいぶ良くなったよ。それに、僕、もともと痛覚鈍いから」

「君はそう言うけど……──う…ん、オレは看護人として失格だな。でも、どうしようもないんだよ。欲しくて堪らない。こんなに誰かを欲しいと思ったことはなかったよ」

少し迷うふうを見せつつも、僕の腰の下に枕《まくら》を当てがった。

それでも、しっかり固定したのを確認する用意周到さは彼らしくて、僕はちょっと笑いたくなってしまった。

「いい…よ？」

あられもなく足を広げ、僕はその瞬間を待った──濡らされ、じっくり解かされた場所は、ひくひくと恥ずかしいほど蠢《うごめ》いている。

彼の視線を感じた。

(あ、ああ)

男の身体をつぶさに見て、我に返らないで欲しい。

待つ時間は長い──僕がもうこの場から消えてしまいたいと思ったとき、彼はぐっと身体を近づけてきた。

温もりに僕はホッと息を吐く。

「……ごめん」

なぜか謝って、彼は熱く反り返ったものを僕のそこに宛《あて》がった。

「結局、男は、こうするしかないんだ。好きだって言った後は、もう他にすることは思いつかない」

花束を手に現れ、巧みに口説くだろう男がこんな健気《けなげ》なことを言うなんて……。

「きみをひどく痛めつけなきゃいいんだけど……」

「大丈夫だって言ったじゃない」

「好きなんだよ」

そのシンプルな口説き文句に心を痺《しび》れさせながら、僕は彼に貫かれた。

僕のその場所は充分に潤い、緩んでいたが、彼の膨張しきったものを受け入れるにはぎりぎりだった。

「――…」

彼も僕もそれぞれに呻いた。

深々と繋がった状態でキスをしながら、不思議な安堵《あんど》感に包まれた。

ずっと見つからなかったジグソーパズルのパーツがやっと見つかって、空いていた場所にぴったり嵌《はま》ったというような……そんな感じ。

僕たちは完璧《かんぺき》だった。少なくとも、僕はそう思った。

僕を潰《つぶ》さないように腕を立て、彼が言う。

「隙間無く…一体だね、今」

「うん」

「ちょっと動くのが勿体《もったい》ないくらい。すごい」

「うん、すごいね」

僕たちは目を合わせ、再びキスをした。繋がった下半身に負けないくらい、唇をぴったりとつけ、舌を絡ませる。

そして、彼はゆっくりと動き出した。

ベッドが軋《きし》み、僕の胸の骨も軋む——辛くないと言ったらウソだが、彼が僕の身体を行き来するのが嬉しい。

「痛い？」

「そうでもないよ」

「でも、涙がほら…——」

「え？」

自分でも思いがけず、涙が目尻《めじり》から耳へとこぼれ落ちた。

「これは嬉しいから」

「嬉しいの？」

「うん…あなたが、好きだ」

腕を突っ張っている彼の首に手をかけ、キスを促す。

結合がきつくなって、少し苦しくなったが、身体の中いっぱいに彼を感じるのはやはり嬉しい。

「ヤバイ…な」

頬をつけて、彼が言う。

「ん？」

「おっそろしく気持ちいい。きみは？」

僕を探り、握り締める。

じわっときた。

それを指でぬりぬりと先端に塗り込められ、僕は彼の手首に爪を立てた。

「ダ、ダメだよ……そんなしたら、また…——」

「可愛い、なぁ」

汗と体液で、間もなく僕の股間《こかん》はべとべとになった。

「先走りが次から次へと」

「だって、弄《いじ》るから……」

「可愛くて…さ」

「自分以外のに触るの、初めてなんでしょう？」

「もちろん初めてだよ。他のやつのに触りたいなんて思わない。見たいとも思わない。望くんだけだ。こんなことを言ったら怒るかもしれないけど、望くんのがオレのより一回り小さめでホッとしたよ」

「あなたのより立派な人なんて、そうそういないと思うけど……」

「気になるもんだろ、サイズはさ」

中学男子のような発言をしてから、彼は再び腰を動かし始めた。

学習能力の高い男はとっくに僕が感じる場所を覚えていて、深く入っても、浅く引くときも、そこを的確に擦り上げる。

振動が痛みを引き出すが、それよりもっと大きな快感が僕を包む。

「ん…ん、あ、あぁ、っふ……」

漏れ出る声は甘い。

「望くん、気持ちいい?」

「うん」

「もっと気持ちよくなろう」

「あぁ、ん」

「もっと、もっとだ」

だんだん彼が激しくなる——長さいっぱいまで深く挿《さ》し入れ、抜ける寸前まで引く。

僕は彼の腰に足を絡ませ、汗に濡れた背中に腕を回して、きつくしがみつく。この強烈な快感の嵐《あらし》から放り出されまい、と。

「ああっ、あっ、あ、あああああ」

僕の喉《のど》から愉悦の声が迸《ほとばし》る。

（もっと、もっと……！）

彼が欲しい。

彼を感じていたい。

（今、僕は彼と一緒にいる。一人じゃない。これ以上ないほど近くにいるんだ）

母親は僕を望まなかったかもしれないが、もし生まれてこなかったら、この求め合う恋人同士の歓びを知ることはなかった。

生まれてきてよかったと思う——極端かもしれないが、このために生まれたとさえ思う。

この快楽のために。

人を好きになることは、こんなにも気持ちがいいものか。

「と…遠山さんっ」

感極まって、僕は彼を呼んだ。

「僕は、今とても…——」

「裕一郎、と」

「ゆ…裕一郎さん、僕ね……」

伝えたい言葉は、快楽に揺られ、揺すぶられ、頭に浮かんだ先から逃げていく――。

「あっ、あ……!」

言いたいことがある。

しかし、彼は僕の言葉を待ってはいない。

顎から汗を滴《したた》らせ、痛みを堪えるような表情で腰を使っている男に、僕は一心にテレパシーを送る。

(僕はね、裕一郎さん……そう、あなたに会えてよかったよ。誰かを好きになったり、愛したりすることがちゃんと出来るって分かったから)

心で、身体で。

長いばかりの手足を絡ませ、僕は僕の全てで彼を抱き締める――彼の全てを全力で受け入れる。

「……望くん、オレはもう……――」

「うん、僕も」

彼の律動がさらに激しくなり、僕は本当になにも考えられなくなった。

どろどろに蕩《とろ》けたところに打ち込まれる熱いものが今や僕の全てだった。

二人の息づかい、喘ぎ声が唱和する。

やがて、きつく閉じた瞼《まぶた》の裏で、白く弾ける花火を見た——脇腹が堪えようもなく痙攣《けいれん》し、僕は自分がまた達したのを知った。

ぬるい飛沫《しぶき》が四方八方に飛び散る……そして、一呼吸遅れて、

「——ッ」

一際深く突いて、彼が息を詰めた。

(ああ、裕一郎さんも……)

結界が解かれ、ぎりぎりまで膨れあがった欲望が飛び散った。

その衝撃を身体の奥で受け止め、僕は頬を緩めた。

(僕の中で、彼が……——)

彼が隅々まで飛び、広がるイメージ。

たぶん、微笑んでいた——満たされて。

ぐったりと腕をシーツに落としたとき、彼の声が降ってきた。

「……望くん、きれいに笑うね。さすがタレント」

そこに微笑んでいるだろう彼を見たかったが、それは叶《かな》わなかった。

疲労困憊《こんぱい》、前髪を掻き上げる大きな手の感触を快く思いながら、他になす術《すべ》もなく僕はふっと思考を手放した。

僕が眠っていたのは、数分だったか、数十分だったのかはわからない。

目が覚めたとき、コーヒーの匂いがしていた。

「ゆ…いちろ、さん?」

「目が覚めたかい?」

すぐに遠山氏がパーテーションの裏から現れ、僕に熱いコーヒーが入ったカップを手渡した。

「気つけに飲むといいよ」

「うん」

「それから、これも食べて」

洋酒入りのフルーツケーキが手渡された。

今年のクリスマス前に売り出す予定の試作品で、ナッツとドライフルーツがたくさん入ったやや日持ちがするずっしりとしたケーキだ。

「消耗したときは、甘いものをとらなきゃダメだよ」

食欲はなかったが、促され、少しだけ齧《かじ》った。

「……へえ、美味しいや」

本当に美味しかった。

ここでは美味しいものしか食べていない。

「脳を動かすのは砂糖だよ」

と、遠山氏。

そうかと納得して、僕はケーキをぱくついた。

そういえば、ここにいる間はずっと三食ちゃんと食べていた。少し体重が増えたし、肌のかさつきも減った気がする。

怪我の治りが良かったのも無関係ではないはずだ。

僕は、生かされていた——よく食べて、よく寝れば、そう困ったことにならないと言った遠山氏に。

「思うんだよ」

不意に、彼が言った。

「我が社がダイエット・フードに携わるのは、果たして正しいことなのかなって。迷ってしまうのは、緑川社長と噛み合わないせいなのかと思っていたけど……」

僕は齧ったケーキを見下ろす。

「ダイエット・フードって、こんなふうに美味しくはないよね」

このケーキが美味しいのは、糖分や脂肪分を惜しげもなく使っているからだ。確かに食べ過ぎれば太ってしまうだろうが、適度に食べるなら問題はない。

「ダイエッターは砂糖も油も忌《い》み嫌うけど、人が生きるのにどちらも必要な栄養なんだよな」

コーヒーを飲み干し、遠山氏はケーキをもう一片食べた。

「オレは、安全、安価で新鮮、美味しいものを人に届けたいと思って会社を作った。美容食やダイエット・フードとはもともとコンセプトが違う」

「健康のために、ダイエットが必要な人はいると思うけど……」

緑川社長の旦那さんを思い出す――美容面でも、健康面でも、彼は誰よりも痩せなければならない。

「問題は、それを我が社が提供する必要があるかどうかだ。どう思う？」

「…………」

僕には彼の出す結論が分かっていたが、彼が自分の口で言うのを待った。

「必要は、ないね」

彼はきっぱり言った。

「この件は白紙にする。予算がなくなったとかなんとか言って、緑川社長に断ろう。必要があると判断すれば、彼女が自分の会社で企画したらいいんだよ」

＊

その後――三日間、三日の間だけ遠山《とおやま》氏と優しい幸せな時間を過ごして、僕は銀座《ぎんざ》の彼の自宅を去ることになった。

機種変更したばかりの携帯電話が鳴り、およそ三年半ぶりに実母と話をしたのだった。

社員さんたちの昼食を買って戻る途中だった。

やっと電話が通じたと一応は喜んでみせてから、彼女はきんきんと一気に捲《まく》し立ててきた。

『二か月も家賃が振り込まれてないってうちに連絡が来たんだけど、あんた、一体どうなってんのよ？　家主がやいやいうるさいから、うちの人が払ってくれたわよ』

「……そか。お義父《とう》さんにお礼言っといて」

『自分で言いなさいよ、お礼は。夢だかなんだか知らないけど、家賃も払えなくなるような儲《もう》からないバイト仕事はいい加減にやめなさいよ。もうすぐ二十七でしょ、現実を見なきゃ』

もっともなことを言い、一方的に期限を切ってきた——一か月あげる、と。

『うちの人の会社ね、人手が足りないのよ。あんたが来てくれれば、わたしの顔も立つわ。大学まで出して、いつまでもぶらぶらされたんじゃ恥ずかしいったらないわ。二十七の男なんてね、普通はもう家族を養えるようになっているのよ。分かってんでしょ？　あちこちに挨拶《あいさつ》して、来月中に戻ってきなさいよ。そのくらい、出来るわよね!?』

「………」

『返事は？　望《のぞみ》っ、返事なさい！』

「……はい」

逆らえず——逆らった実績を持たない僕は、返事をしてしまった。

子どもの頃から、どんなに理不尽だと思っても、母に逆らったことはほとんどない。容赦のない罵声《ばせい》と、きついビンタが飛んでくるからだ。

大学卒業のとき、戻って来いという彼女の意向を初めて無視したが、当時は必ず有名になってやるという強い意思があった。

今はそれが揺らぎ始めている。

(確かに、潮時…かな)

包帯に巻かれた利き手を見下ろした。

(この怪我《けが》は、そろそろ諦《あきら》めろって意味だったのかも)

次の瞬間、遠山氏との夢のような日々が急激に遠ざかり、色褪《いろあ》せ、荒涼とした灰色の現実が迫ってきた。

アルバイト代で賄うギリギリの生活、身の入らないタレント業、芽が出る気配もない脚本の執筆で夜も寝られず……。

定職を持たない男——そう、僕はなんの価値もない人間だ。

コンプレックスが疼《うず》く。

(……こんな僕を、誰が愛し続けてくれるんだ?)

遠山氏とは始まったばかりだったが、いずれ終わりが来るだろう——僕は彼にふさわしくないから。

彼はきっとまた家庭を持ちたくなる。そう思ったときは、あの容姿や社会的地位だ、相手に困ることもない。

それが想定されるのだから、この幸せの絶頂でいっそ別れたほうが賢明だ。いい夢を見せてもらった、と。

トラウマは根深い。

たった一本の電話で、僕は一気に底まで落ち込んだ。

のろのろとした足取りで会社に戻ると、怪我も治ってきたし、そろそろ家に帰ろうと思うと遠山氏に告げた。

「……ど、どうしても？　望くん、どうしても帰るの？」

彼の戸惑いは無理もない——昨夜の睦言《むつごと》がまだ耳に残っているのに、あまりにも唐突な展開だ。

「なにか気に入らないことでも？」

わけが分からないという顔をする彼に、僕はもう世話をしてもらう必要はないからとすげなく言った。

彼にしてみれば、いきなり地に突き落とされるような心地だろう。

「脚本を書かなきゃ」

ぽつんと僕は言った。

それは、ささやかな見栄《みえ》だった。夢を諦めて、すごすごと仙台《せんだい》へ戻るつもりだとは言いたくなかった。

「それって、ここでも出来るんじゃない？　必要なら、荷物を一緒に取りに行こう」

優しく言われ、ぐらついた——彼に寄り掛かってしまいたい。母の呪縛《じゅばく》から僕を救い出し、心ごと奪ってほしかった。

怪我が治ろうという今、ここから先の滞在は『同棲《どうせい》』という単語になる。それでもいいのかと彼に問いかけ、まんまと居座るのは恥だろうか。

（母には言えない——脚本家になりたいと言ったのも、やっとだった。仕事もせず、男性と恋愛関係になっているだなんて、どうして告白出来るだろう）

律儀に報告する必要などないのだが、そのときの僕は母に痛いところを突かれ、冷静さを失っていた。

僕は首を横に振った。

「……一人になりたいんです、書くときは」

僕たちは見つめ合ったが、彼の目に浮かんでいた失望が僕に顔を背けさせた。

僕は彼を傷つけてしまった。

今からでも、怯《ひる》まずに、冗談だよと彼に抱きついていけばよかったのかもしれない。どこへも行かない、あなたの側《そば》にずっといさせて、と。

しかし、それは出来なかった。

僕はどうしようもなく男で、自分の足で立たなければならないと思い込んでいた。母の言う通り、普通は二十七歳になろうというとき、もう家族を養えるくらいになっている。

僕は自分すら養えていない。

「これって、別れるって意味なのかな？」

僕は項垂《うなだ》れる。

「今さら、なにを……——勝手だと思わないのかい？　オレの気持ちは……きみを好きになって、これからって思っているオレの気持ちは……！」

責められて当然だった。

遠山氏のいつも穏やかな顔がカッと気色ばんだ。

「わけが分からないよ」

本気で怒る彼を初めて見た。

(優しい人なのに……僕にはもったいないくらい、彼は優しい人なのに……)

激情に駆られ、遠山氏が腕を振り上げる——頬《ほお》を張られるくらい当然だと思うのに、僕は顔を守ろうと丸くなった。

不様だったが、殴られるのは怖い。

とても怖い。

衝撃は――しかし、こなかった。

場所が衆人環視のオフィスだったし、僕は怪我人。会社のトップに立つ男は、はっと理性を取り戻すのも早かった。

「……きみは芸術家なんだったね」

彼はやれやれと溜息《ためいき》を吐いた。あたかも、その三文字で全《すべ》てを納得しようとするかのようだった。

「そうか…わかった。けれど……せめて、送らせてくれたまえ」

忙しいにもかかわらず、遠山氏は自動車で僕を自宅近くの郵便局のところまで送ってくれた。

「未練がましいことを言うけどさ……――」

別れ際、ドアごしに彼は言った。

「きみの居場所を空けて、オレはずっと待っているつもりだよ。きみの代わりは見つからないと思うんだ。一人の人間が幸せに出来るのはたった一人だとしたら、オレにとってはきみがそうだと確信してるんだ。ね、そうだと思わないかい？」

「………」

僕はなにも言えなかった。

彼が僕に対して本気だということは分かっていたが、僕には愛される存在で居続ける自信はなく、その申し出にぶら下がることが出来ない。

将来に確実性はなにもない。

しかし、過去は——僕は彼の恋人になる前に、理不尽な母の息子だった。

愛されたことがない、ちっぽけな萎縮《いしゅく》した子どもだった。

「男同士なんだ、生半可な気持ちで抱いたんじゃないよ。オレにしたって、失うものがないわけじゃない」

「………」

やっぱり僕はなにも言えなかった。

彼はキスを促してきたが、僕は後ずさりした。

「——……じゃ、さよなら」

遠山氏は品の良いフォーマルな微笑を——あの右の唇の端だけ少し持ち上げたニッという笑いではなく、営業用の取り澄ました笑みを浮かべてみせた。

自動車が発進する。

僕は郵便ポストに寄り掛かるようにして、それが見えなくなるまで見送った。

胸の痛みは怪我のせいではなかった。

彼を傷つけたのは僕だが、僕のほうがたぶん苦しい。

キーンという耳鳴りに襲われながら、がっくりと肩を落とし、僕はその場から逃げるように歩み去った。

とぼとぼと帰ったアパートには、思いがけず、一人の男がいた。

キャップを目深に被《かぶ》り、開襟シャツに短パンというラフな格好をしていても、芸能人オーラは封じられていなかった。

「お前、どこ行ってたんだよ？」

扉の前に座っていた三上《みかみ》は、僕を見るなり立ち上がった。

「連絡がまったく取れないって、事務局がオレに捜せって言ってきたんだぞ。オーディションはすっぽかすわ、バイトにも出てねえわ……ったく、冗談じゃねえっつの」

捲《まく》し立てる声も内容もほとんど耳に入ってこなかったが、彼の足下に散らばっている煙草《たばこ》の吸い殻の数で、この男が長時間ここにいたことを知った。

こんなことをしてくれる男だったろうか。

しかし、感謝するような余裕は今の僕にはなくて、さっさとどこかへ行ってくれないかなと思うだけだ。

僕の思いをよそに、三上はメールは見たのか、どこに行っていたのかなどと質問してきた。

それを遮り、僕は言った。

「お金、貸してよ」

僕はもはやヤケクソだった——三上は平気で誰にでも金の無心をするが、それが自分のプライドとばかり、僕は一度だってそれをしたことはなかった。

「いくらよ？」

「二万かそこら」

「そらよ」

三上は無造作に尻《しり》ポケットから財布を出し、一万円札を幾枚か僕に突き出した。

「栗山《くりやま》先生が顔出せってさ。明日の舞台稽古《げいこ》は絶対に見るべきだってよ」

「………」

鍵穴《かぎあな》にキーを入れ、扉を開けると、僕を押し退《の》けるようにして、三上は先にアパートの中に踏み込んだ。

一か月近く出入りの無かった部屋の空気は澱《よど》んでいた。

三上はエアコンにリモコンを向け、何度も電源ボタンを押したが、エアコンは作動する様子がなかった。

「チッ、故障かよ」

ベッドの脚を蹴《け》りつけ、彼は片方の肩をぐるりと回した。

続いて、冷蔵庫になんの飲み物もないと見て取ると、激しいほどの舌打ちをした。

「伝えることは伝えたし、オレは帰るわ。じゃあな」

僕は引き止めなかった。

FAIRE

携帯電話を復活させるまで彼は僕にいくつものメールをくれていたが、それに対するお礼も言わなかったし、返信をしなかったことへの謝罪もしなかった。

少しだけ気が咎《とが》めたが、これまで彼から被ったことを考えれば大したことではない。

おそらく、三上は少しも気にしないだろう――彼には僕以外の友達が大勢いるし、仕事の仲間だっている。

とにかく、三上が去ってやっと一人になれた。

ベッドに腰を下ろした僕が目にしたのは、デスクに置いたガラスの皿だ。

水が蒸発して出来た白い縞《しま》模様の真ん中に、黄土色に変色した花らしきものの残骸《ざんがい》がこびりついている。

朽ちた花は僕の儚《はかな》い恋心と重なった。

(……あ、ああ)

涙ぐみそうになる。

いやいやと首を振り、僕は立ち上がった。

残暑で外も暑かったが、空気の入れ換えは必要だろうと窓を開ける――もしかしたら、ここに引っ越してきて以来、この窓を開けたのはこれが初めてかもしれない。

目の先はすぐ隣の家の生け垣だった。

色褪せた立木の合間に、ちらと赤いものを見た気がした。

目を凝らし、その赤いものはなにかの花だと知った。

(名前は分からないけど、鮮やかだなあ。パッと見に血みたいに見える)

そう——白いシャツの胸ポケットに挿《さ》せば、その男の情熱的な心の象徴になるだろう。男は出会った娘の髪に挿してやるかもしれない。

花は盗んだものであるべきだ。

花屋の店先から、豪邸の庭から、あるいは他の娘の髪から。

(——男心と花…か)

ある日、彼は暴漢に刺され、その胸から血を流す——流れ出る情熱を失うまいとあがきつつ、やがて死を迎える。

自らの血でダイイング・メッセージを残すだろう。

なんと?

『花盗人』

それこそは華麗なる怪盗の名前。

男は宝石だろうと花だろうと、およそなんでも盗めたが、とうとう一人の女性の心だけは盗めなかった。

(……ミュージカルで?)

僕は深く三回呼吸したが、この一連のイメージは消えなかった。

消えるどころか、ステージで演じる三上の姿までもが見えてきた――嘲《あざけ》るような顔、スーツを翻しての決めポーズ。

歌さえもが湧《わ》いてくる。

この諦めの境地で、一体どういうわけなのか。

怪我をして遠山氏のもとへ行き、一字も書かなかった反動なのか、今は堰《せき》を切ったようにストーリーが湧き出してくる。

キャラクターが動いていく――生き生きと、リアルに。

「書く、か」

右手はまだ包帯で包まれていた。

書けるだろうか。

包帯をするすると解き、にぎにぎと動かしてみた――痛みは少しあるけれど、キーボードが打てないということはなさそうだ。

（劇団に挨拶して、もう故郷に帰ろうと思っているのに？）

ならば、置き土産《みやげ》にすればいい。

自分がこれを書かずにいられないのは分かっていた。書かないでは一歩もこの部屋からは出られそうもない。

＊＊＊

厳しい残暑の中、エアコンなしで、僕は『怪盗・花盗人』を書き始めた。

すっかり書き終わるまでの五日間、食事をする間も惜しみ、携帯が鳴ろうと、誰かが扉をノック——訪問販売だろうか、何度か誰かが訪れたようだったが、応じずに、僕はガツガツと書き続けた。

脚本の他、歌詞も書いた。舞台イメージもラフ・スケッチで起こした。俳優たちの服装のデザインまで描いた。

使いたい俳優の名前も書き入れた。

これが最後だと思うからか、いつもなら躊躇《ちゅうちょ》してしまうことにも大胆になれる。僕は栗山千明《ちあき》先生までも舞台に上げることにした。

さて、僕の怪盗・花盗人には二つの顔がある。

昼間はクールなサラリーマンで、寄ってくるOLに目もくれずに会社のために働くが、夜は女誑《たら》しのカジノのオーナー、お宝の情報が入ると怪盗に変身する。

女性に不自由しない彼が唯一恋こがれているのが、凍りついたような美貌《びぼう》の未亡人。彼女は死んだ夫の復活を夢見て、その棺にいわくつきの花を集めては飾る妖怪《ようかい》（？）なのだ。

花盗人は彼女を口説く術《すべ》を持たず、ただ宝石で飾り立てるのみ。彼女は嬉《うれ》しがらない。ただ花を欲しがる――受取人に渡らなかった花や、盗まれた花を。

最後の花を手にしたところで、怪盗は復活した彼女の夫に胸を射抜かれる。

妻の心変わりを知った夫は不完全なままに復活し、間男を始末したと思った途端に腐れ果てる。

怪盗は傷つき、死ぬが、クールなサラリーマンである彼のほうは生きていた。サラリーマンの心臓は右側にあったのだ。

退院したサラリーマンと未亡人は道で擦れ違うが、お互いが誰だか分からずに恋をする。

サラリーマンは道端の花を摘み、彼女の髪に挿してやる――初めて、彼女は笑った『あなたは花盗人よ』と。

炭酸入りのミネラル・ウォーターを飲みながら、毎日書けるだけ書いて、コンビニのおにぎりとチキンを囓《かじ》り、力尽きたように僕は眠った。

熱帯夜もあまり気にならなかった。

毎晩の僕の夢に出てくる怪盗は遠山氏の顔を持ち、僕は彼に差し出された宝石を喜ばない未亡人――衣類はすでに宝石で重たいほど飾られていて、もう僕は身動きが取れなくなっている。

そんな僕が棺に入れ、ときどき語りかけている死体は僕の母なのだった。

母は呪《のろ》いの言葉を吐く――『お前なんか産まなければよかった』と。

僕はすがりつき、彼女に赦《ゆる》しを請う。

そんな悪夢から目覚めると、また僕はキーボードを叩《たた》くのだ。

執筆している間に、長い間支払わなかったガスが止められたようだった。

書き上げて、プリントアウトが終わった時点でシャワーを浴びたが、もはやシャワーからは湯は出なかった。

そして、すすぎが終わるや否や水までもが止まった。

びっくりした。

もういつ電気が止まってもおかしくはなかった。プリントアウトが終わるまで止まらなかったことは、ラッキー中のラッキーだった。

暗闇《くらやみ》の中で、僕は一人でくっくと笑った。

「上手くいかないことばかりじゃないじゃん」

電気は終わるまで止まらなかったし、僕は今生きている。シャワーも浴びられた。借りたお金の残金は一万とちょっと。

端から見ればどん底状態なのだろうが、それでも僕は幸せだった。

胸には勝利感があった。

もう書かなくていいのだという解放感も。

(とにかく、僕は渾身《こんしん》で一作を書いた)

一人の男の絶望と愛を書ききり、人生の裏と表を知り尽くした気がしていた。

余計なことは削《そ》げ落ちた。

僕は僕を許すことが出来た。

僕は生まれてきてよかったのだし、母はただ…僕を産んだだけの人。僕の人生は僕のもので、彼女の命令を聞く必要はない。

呪いの言葉はもう聞こえなかった。

誰が認めてくれなくても、僕は僕自身を認められる——理不尽な女の評価に、どれほどの正当性があるというのだ……？

そうすることを勇気とも思わずに、僕は遠山氏の携帯に電話をかけた。

午前三時だったが、彼が出ないなどとは一片たりとも思わなかった。

『ああ、望くん……！』

いくらか寝惚《ねぼ》けた掠《かす》れ声が僕の名を呼んだ。

「終わりました。今、書き終わったよ」

『傑作かい？』

「…の、つもり」

そして、彼はとても自然にさらりと言ったのだった。

『で、いつ戻ってくるの？』

さすがにそう言ってもらえるとは思ってもみなかった。

郵便局の前で別れたとき、僕は本当に郷里に帰るつもりで、彼から永遠に去ろうとしていたのだ。彼はそれを察していたはずだった。

「……僕、戻ってもいいのかな?」

『オレは待ってるって言ったよ』

「言ったね」

一本の原稿をすっかり書き上げて、僕は次の瞬間に死んだとしても、決して後悔はしないだろうという心境にまで達していた。

だから、僕は遠山氏が恋しいと思う気持ちを認めた——恥ずかしげもなく。

僕は人を愛することも、人に愛されることも出来る。

人を愛するのに資格なんかないからだ。たとえ未来に別れがあるとしても、好きになった人を今精一杯愛するしかない。

それが、生きるということだ。

ウディ・アレンやヒッチコック、それら著名な映画監督にしてみたところで、みんなそういうことを描いてきたのではなかろうか。

不様でもいい、ひたむきに生きたい。

傑作を書くような人間でなくても、普通に生きていく価値はあるのだ。

固い殻の中から現れた自分はやはりとてもちっぽけな存在だったが、それに向き合うのは覚悟していたほど辛《つら》いことではなかった。

「たぶん明日…いや、もう今日だね。僕はあなたに会いに行くよ」

『迎えに行こうか?』

「大丈夫。劇団に寄ってから、そちらに向かうね」

『待ってるよ』

うん…と言おうとして、僕は大きな欠伸《あくび》をした。

『……寝ないで、書いていたんだね』

「集中してたから」

『いいことだよ』

厚かましく、僕は言った。

「ご褒美《ほうび》をください。なにか、花を…そう、赤い花がいい」

『わかった、赤い花だね』

また一つ、欠伸が出る。

スピーカーから彼の笑い声が飛び出して、僕を温かく包んだ。

『本当に、お疲れ様だ。寝たいだけ寝たらいいよ』

「人間ってどれだけ寝続けられると思う? トイレに行きたくなるだろうから、丸一日は無理なのかしら」

『試したらいいよ。今日中に会えないのは残念だけど、オレはずっと待っているからさ』

ほとんど寝入りながら、僕は言った——…というか、呟《つぶや》いた。

「……アパートって、どうやって引き払えばいいんだろう。それから、ハッピー・ダイニングに僕が出来る仕事はあるかなあ。どっかのレストランで雇ってもらうんでもいいんだけど…——」

『そういうのは、全部オレに任せてくれていいよ』

「そか…そうだね。じゃ、おやすみなさい。裕一郎《ゆういちろう》さん、また後で」

『おやすみ、望くん』

僕は電話を切って、目を瞑《つむ》った。

満足だった。

書いたものを採用してもらえなくても、僕はあまり気にしないだろう——今もてる力を全部出し切ったのだから。

上等のスーツに身を包んだ彼が、僕のリクエストに応《こた》えようと、フラワーショップに入っていく姿がふと頭に浮かんだ。

(花瓶…買わなきゃ)

しかし、どんな花瓶が欲しいかのイメージはない。

やっぱり僕は花が好きではないらしい。

名前もよく知らない。

遠山氏が…裕一郎さんが、僕のために抱えてくる花——彼が選んだ花がいい。

花を抱えたその姿が好きだ。

小道具として、彼には花がよく似合う。


その日の午後遅く、僕は新宿三丁目《しんじゅく》にある劇団の稽古場兼事務局に到着した。

「麻木《あさぎ》くん、あなた今頃来ても…——」

僕を見るなり、事務局員は慌てた。

なんでも、オーディションや仕事をすっぽかした僕にマネジメント会社が手を引くことを決定、行方《ゆくえ》が摑《つか》めない上、劇団としても引き留める要因が見つからないというので、僕に対して数日前に退団通告が出ていたらしい。

アパートの階段横にある郵便受けは見ていなかった——もっとも、見たところで、僕が慌てて顔を出すなどの行動に出たとは思えないが。

「栗山先生はあなたのことをずっと待っていたのよ。一日に何回か携帯に電話をかけて、電報まで打ったのよ。麻木くん、一体どこへ行っていたの？」

「先生に会えますか？」

奥にいた顔見知りの男の団員が事務局員を押し退け、図々しいぞと怒鳴ってきた。目をかけてもらっていたのに、僕を恩知らずのバカだと叫んだ。

否定する気はない。

僕に周りを思いやる余裕がなかったのは確かだ。

「……これを」

僕は彼に原稿の包みを押しつけた。

「今朝やっと書き上がったので」

「読んでもらえると思っているのかよ、ああっ？」

「ダメかな？」

「ダメだろーよ」

突っ返されたが、それでも僕は窓口に置いた。

「先生が読まないとおっしゃったら……しょうがないや、捨ててください。じゃ、僕はこれで。お世話になりました」

「麻木くん、これからどうするの？」

「どうにかしますよ」

言って、僕は微笑《ほほえ》むことが出来た。

馴染《なじ》んだ場所に背を向けて、僕は歩き出す――演劇というものに出会えた僕の二十代前半は幸せだった。

舞台を見ることで、鬱屈《うっくつ》した日常を忘れることが出来た。

さらに、脚本を書くようになってからは、思いのままにキャラクターを動かす創造主としての喜びを得た。

あまり好きではなかった演技にしても、他の人間を演じることで――ちゃんと演じられたかどうかは分からないが、癒された部分はあったと思う。

舞台の上で、僕は麻木望というサボテンのような青年ではなかった。歌と踊りは好きではなかったが、最後の最後にはそれが表現者の技として有効だという理解には至った。

(……ありがとう)

自分としては必死にやった。

後悔はない。

そして、僕は前を向く――次のステージでまた精一杯生きよう、と。

*

僕は遠山社長の住居に身を寄せ、携帯電話の番号も替えて、心機一転、ハッピー・ダイニング社で働き始めた。

脚本家の夢はどうしたなんて、余計なことは彼は聞かなかった。ただ僕をそのまま受け入れてくれたのだった。

社員の人たちもそうだった。

みんなの温かさに感謝した。

秘書よろしく行動を共にしながら業務のおおよそを摑んだ後で、僕は自分がこの会社に貢献出来そうなことについて考え始めた。

広告や宣伝の分野で助言は出来る。

その他に……そう、ウェイターとウェイトレスの教育と斡旋はやれるかもしれない。

大学入学時からのアルバイトの経験を役立てられる。もちろん、高級店に僕自身が修業に行き、ノウハウを身につけてくるのも必要だろうが。

僕が企画書を上げたとき、社長は大きく頷いた——これはいいね、と。

「でも、今すぐ始動しなくても構わないよね？　今はひどく忙しいから、オレの近くにいてサポートしてもらいたいんだ」


残暑を抜けた後から一気に気温が下がり、秋は急ぎ足で過ぎていく……——。


秋野菜が出回る頃には、予算の都合上、一日にわずか三回だったが、ハッピー・ダイニング社のＣＭが流れた。

美男の社長がワイングラスを片手に、ことさらワイルドにセロリを囓る。背景に流れる音楽は社名を連呼。

また、山手線《やまのて》の主要ターミナル駅では、巨大な大根に寄り掛かるイケメン社長の姿がデカデカと貼《は》り出された——それと同じものが、主婦向け雑誌とビジネス誌の裏表紙に。

社長の露出は効果的だった。

主婦層・OL層の反応を見るや、インタビューが殺到した。

広告代理店の思惑通り、社長・遠山裕一郎の名と相まって、食品通販会社ハッピー・ダイニングの社名は急激に広まった。

そうなると、銀座と丸《まる》の内《うち》にある銀行や商社のビルの屋上を利用する菜園の契約もスムーズに決まり、十月末のハロウィンには、関係者やマスコミを招いてのガーデン・パーティが開催されることになった。

社長の伯父が所有する画廊ビルでは、すでに実験的に屋上菜園が行われていたが、その見学会を兼ねての会場提供がなされた。

ますます忙しい社長に代わり、劇団の裏方を手伝ったこともある僕が、照明や音響、飾り付け…など、パーティ準備のほとんどを受け持った。

テーブルや椅子《いす》をレンタルし、特に選んでもらったワインやビールなどの飲み物を運び入れた。

ケータリング・サービスにも指示を飛ばす。

恋人のために役に立っている自分が誇らしかった。

社員たちとも話し合い、当日は仮装して接待に当たることになった。

社長だけはいつものパリッとしたスーツ姿としたが、みんなの思い思いの仮装の用意を見ては、自分もやりたかったよとひどく羨《うらや》ましがっていたのが可笑《おか》しかった。

当日になった。

派遣会社から来たスタッフに受付の指示をしてから、僕もすぐ下の階のトイレにて仮装をした。

黒マントをつけ、顔を心持ち青白くメイク――ちょっとドラキュラ風の格好に。

「望くん、いる?」

社長が入ってきた。

「あ、裕一郎さん……お客の入りはどうです?」

「招待客を大幅に上回っている感じだ。アルコールが足りるかな」

「追加を手配し……――」

後ろからぎゅっと抱き締められた。

「ゆ…裕一郎さん?」

彼は呻《うめ》くように言った。

「ああ……きみに出会ってから、いろんなことがトントン拍子に進んで怖いくらいだ」

「怖い?」

メイクしていない首筋にキスされた。

「…っていうか、すごく興奮してる。今すぐきみが欲しいくらい」

身体を押しつけられ、その硬さに僕は目を白黒させる——いくらなんでも今は無理だ。時間がない。

にもかかわらず、僕は鏡ごしにわざと挑発的に言った。

「しよっか？　お客さんを待たせてしまうことになるけれど……」

「待っててくれるかなあ」

「裕一郎さんが待てって言ったら、きっと待つよ」

「う…ん」

未練がましく僕の身体を撫で回し、彼は固めにセットした髪に鼻を埋めた。

「……今夜、な？」

「うん」

こんなふうに確認しなくても、毎晩のように抱き合っている…——なのに、心細そうに聞いてくる彼が好きだ。

愛されているって感じがするから。

とはいえ、彼が下手に出てしまうのは、一度僕に去られたせいだった。

（悪いことしちゃったよね）

もっともっと彼を愛して、自信たっぷりになってもらわなければ。

過去の女性たちにはどんな感じだったのかは知らないけれど、彼は胸が痛くなるくらい僕には優しい恋人だ。

「望くん…きみがいてくれるから、オレはあちこち飛び回っていられるんだよ。分かってる？」

「ふふ」

僕と出会う前だって、彼は全国…いや、世界中を飛び回り、バタバタと忙《せわ》しなく働いていたのだけれど。

彼は首を巡らせ、真っ赤に塗ったばかりの僕の唇にキスしてきた。

鏡に映ったラブシーンはなかなかに情熱的だ。

「——…口、赤くなっちゃうよ」

「いいさ。仮装だって言うから」

見つめ合いながら同時に一呼吸。

それを合図に、深く重ね、舌を絡め……ああ、身体を内側から掻《か》き回されるような心地に背筋がぞくぞくとする。

快感の兆しが芽生え、僕は甘い溜息を吐いた。

自分から誘ってしまう。

「……ね、ちょっとだけ。今すぐに——」

「ごめん、二分で終われる自信はないよ」

「だって、勃《た》っちゃったよ？」

「オレなんか、さっきからもうずっとさ」

結局、もう一度ディープキスをしてから、僕たちは身体を無理矢理もぎ放した。

社長が呼ばれている声がする。

僕たちは連れ立って、会場へと向かった。

主賓の一人の方に足を向けかけた社長に、ハッとして僕は素早く彼の前へと回り込んだ——手の甲で彼の唇を強く拭《ぬぐ》った。

「美男社長は仮装の必要はなしなんです」

彼は端整な顔をくしゃっと歪めた。

指を立てて、厳命——誰の血も吸うなよ。

「ラジャ！」

僕は口に仕込んだ牙《きば》を剝《む》き出してみせてから、ゲストブックを見るために受付へと向かった。

社長の挨拶と主賓の乾杯で始まったパーティは大盛況だった。

新鮮な食材をハーブと塩で味付けただけの料理はよく食べられたし、新たに契約した甲府《こうふ》ワインの評判も良かった。

株式会社ハッピー・ダイニングの屋上菜園第一号は、一見したところ、よく計画管理されたカントリー風のおしゃれなガーデンだ。

しかし、五十センチ以上も盛られた土には力があって、ハーブやミニ・トマトどころか、根菜類はよく太り、白菜などもきつく巻いている。

「畑に入って、ぜひ収穫してみてください。ここで料理しますので」

このパーティのために、キッチンを用意していた。

「え、これをここでお料理してもらえるの？」

「面白い趣向だなあ」

「あら、結構いろんな種類のお野菜が」

ごろごろした飾りのハロウィンかぼちゃを長い足で跨《また》ぎ越して、社長は率先して畑の中へと入っていく。

じゃがいもと長ネギを掘り起こし、自ら手際よくジャーマンポテトを拵《こしら》えた。

そのパフォーマンスは会場を大いに沸かせた。

僕は出来立てのじゃがいも料理をトレイに載せて、客たちに味を見てくれと薦めて回った。

「長ネギとじゃがいもって合うのね、意外だわ〜！」

「お、こりゃ美味《うま》い」

「こちらの社長さんは、料理本を出されたことがあったんだっけ？」

瞬く間に料理がなくなるのが嬉しい。

「ドラキュラさんもワイン飲みなさいよ。美味《おい》しいわよ」

「わたしはトマト・ジュースしかいただきませんので……あしからず」

「あらあら」

場所柄もあってか、経済人の連れの女性たちの多くは玄人《くろうと》だった。

その他、社長の知り合いだという招待客の中には、野菜ソムリエの資格を持つという芸能人、ロハスに目覚めた女優などもいた。

他に、スポーツ選手や料理研究家、農業大学の教授なんかもいる。

バラエティに富んだ顔ぶれの中に、僕は三上を見つけてしまった。サングラスで誤魔化しているつもりでも、その横顔を見逃せるはずもない。

パトロネスの銀座のマダムに連れられてこられたようだった。

立派な着物を着た年かさの女性に料理を運び、自分はアルコールをちびりちびりと飲んで、ときどき愛想笑いを浮かべていた。

まだ三上と話すのは抵抗がある。

僕が携帯電話の番号を変え、アパートを引き払い、新たな連絡先を教えないことをさぞかし怒っているだろう。

僕と三上とは、青春時代のある時期を一緒に過ごしたが、今や完全に道が分かれてしまった。

近況をさらりと語り、共通の昔話をするにはまだ時期が早すぎる。

僕は三上を避けて、ひらりひらりと人々の間を縫って歩いた。

料理を薦めた後は皿を下げ、空いたグラスを回収、トイレに案内したり、年配の人には椅子を持って行ったり……主催者側には、すべきことがたくさんある。

しばらくして、くだんのＣＭを製作したディレクターと遭遇した。

「お、麻木くん。ドラキュラ似合うじゃないの」

彼の声は大きい。

「……がぶっと噛みますよ？」

僕は声を低くして応じたが、耳聡《みみざと》い三上は聞きつけたらしい。

くるりとこちらを振り向いた。

このメイクした顔に気づかないようにと祈ったが、そうは問屋が卸さなかった。

「望！」

身を翻し、こちらに突進してくるイケメン俳優を目にするや、反射的に僕はその場に背を向けていた。

「あれ、三上光平《こうへい》だ」

「三上くん、サインしてよ！」

三上は人々を押し退け、ぐいと腕を伸ばしてきた。

珍しく、彼は人目を気にすることなく追いかけてきた――逃げ果《おお》せるには、バタバタしたマントがあまりにも邪魔だった。

とうとうマントを後ろに引かれ、僕は首を仰《の》け反《ぞ》らせた。

「痛っ」

「待てっつってんだろがっ！」

「……は、放してよ」

「放すかよ。ずっと捜してたんだぞっ」

僕が逃げるのを止《や》めても、三上はマントを放してくれなかった。

「花盗人」

彼は言った。

「稽古《けいこ》に入ってるぞ。お前の脚本」

「え？」

思いがけないことを捲し立てられた。

「栗山先生も事務局も、みんなでお前の行方を捜してたんだ！　実家に大学、バイト先、アパートの管理会社、あちこち問い合わせたのに見つけらんなくて、みんな途方に暮れてたとこだぞ。それが、なんだよ、ドラキュラのコスプレ？　お前、一体どこでなにやってたんだよ？」

「なにって……劇団クビになったし、他の人生を探そうと…………」

「他の人生なんてあっかよ！」

三上は僕を叱責《しっせき》した。

「お前、舞台に関わらないで生きていけんのかよっ」

「生きて、いけ……——」

る、と思う。

生きていこうとしていた。

みなまで言わないうちに、人を掻き分け、裕一郎さんがこちらに近づいてきた。腕には娘の千鶴《ちづる》ちゃんを抱いていた。

「どうしたの、望くん!?」

「のんちゃ～ん！」

僕は千鶴ちゃんの差し出した小さな手を握った。

裕一郎さんが三上を見た。

「きみは……俳優の、三上光平さん。確か、望くんが劇団にいたときのお友達……——」

「ただの友達じゃねえよ！」

ぶっきらぼうに言い放ち、三上は自分よりも少し目線が高い裕一郎さんを睨《にら》み上げた。

裕一郎さんは落ち着いていた。

少し声を低めて言う。

「モトカレなんでしたっけ？」

「ふん」

三上は鼻を鳴らす。

今度は僕のほうを見た。

「オレがモトカレなら、こっちがイマカレか？　子連れじゃんか」

「………」

咳払《せきばら》いして、裕一郎さんが三上に言った。

「望くんは今わたしと暮らしていて、わたしの仕事を手伝ってくれているんです。彼に何かご用でしょうか？　わたしを通してくれとは言いませんが、あなたが望くんと話したいなら、わたしも一緒に聞きましょう。よろしいですか？」

「よろしいもなにも——」

裕一郎さんの丁寧さに面食らってか、三上は気まずそうに目を逸《そ》らした。

「こいつが残してった脚本、次の公演でやることになって……オレら、みんなでこいつの行方を捜してたんだ」

「公演…！　それは、すごいこと…——なんでしょうね？」

「こいつにとっては二作目だよ。今度こそ、本当に注目されるさ。主役はオレで、ヒロインに栗山先生。当たらないわけがねえ」

すごいと思うものの、なんだか実感が湧かず、僕にとっては他人事《ひとごと》に聞こえた。

ぽちゃぽちゃした千鶴ちゃんの手のほうがよほどリアルだ。

（とっくに僕は退団させられているんだよ？　あれは、栗山先生に読んでもらえるかどうかさえ分からない、最後の作品だった）

書き上げて、劇団事務局の窓口に置いてくるまでだった。

僕は、もういい——あの作品はもう僕の頭から離れたもの。過去のものとなった。

栗山先生が気に入ったなら、彼女の名前で舞台になっても構わないくらいだ。

「僕の名前は出さなくていいよ、もう」

僕がそう言ったのに、怒った声を上げたのは裕一郎さんだった。

「ダメだよ、望くん。夢を無造作に投げ出すもんじゃない。必ず後悔することになる。頑張り時ってあるんだ、たぶんそれが今だよ」

「だけど、僕は……——」

別な人生を始めているはずだ、裕一郎さんと。

「行くべきだよ、彼と。きみを待っている人のところへ」

「………」

僕は顔を上げ、彼を見つめた——本心を探して。

今度は僕が捨てられるのだろうか。

すべきことを心得て、なんら迷いのない瞳がそこにあった。

「さ、行きなさい」

どうしたらいいか分からずに、立ち尽くした僕の背を三上が強く押す。

「望、行くぞ」

どうして足が前に進むのか、自分でも分からなかった。

強く言われると逆らえない、悪い癖《くせ》だろうか。

いやいやと首を横に振りながら、千鶴ちゃんを抱っこした裕一郎さんを振り返る。

裕一郎さんは完璧《かんぺき》な笑顔だった——寂しい、悲しい笑顔だ。

(なぜ笑って見送るの……?)

あの左右対称の完璧な笑みは好きじゃない。ビジネス仕様の笑顔には、裕一郎さんの本心が見えない。

本当は傷つきやすい人なのだ。それでいて、自分を笑い飛ばし、すべきことをきっちりとこなす。

僕はそんな彼を支えていくつもりだった。

二人が一緒にいるのは快適なのに、なぜ僕たちはまた別れようとしているのか。

(生きる世界が……——)

違う?

そんなのは、諦めるための言い訳にすぎない。

「……のんちゃん、どっか行っちゃうの？」

千鶴ちゃんが言うあどけない声がしている。

それに裕一郎さんが答えている。

「別に。もと居た場所に戻るだけさ」

彼と出会う前？

（そんなのは無理だよっ）

僕は彼に温められ、抱き締められ、本当の心の触れ合いを知った。どうしてそれなしで生きなければならないのだろう。

僕は振り向いた。

そんな僕を許さず、三上が後頭部を叩く。

「でも、また来るよね？」

と、千鶴ちゃん。

「どうかなあ。ちーちゃんが良い子にしているなら、たぶんね」

まだ声を聞き取れるほどの距離にいた。

どうして僕は三上を振り切り、彼らのところに戻らなかったのだろう。

結局、そうはしなかった——たぶん、僕はエゴイストなのだ。恋と名声を秤《はかり》にかけ、後者を取る。

そうすることが正しいと思う自分を、やっぱり否定出来なかった。

あれは僕の作品だ。

僕はずっと脚本家として、名声を得たかった。認められたかった。

自分の醜さに溜息を吐く。

「相変わらず、お前、ふうふう溜息ばっか吐きやがんのな」

辛気臭ぇと顔を顰《しか》めてから、ダメ押しのように三上が言った。

「しょうがねえだろ、オレたちは三度のメシより舞台のほうが好きなんだ。そうだろ？　オレたち劇団員は夢を食ってるんだ。じゃがいもじゃねえ」

「………」

「そうだって言えよ」

僕は口を開きたくなかった。

すんと啜《すす》り上げた鼻の奥に、土の匂いを嗅《か》ぐ。

（やっぱり、会うはずもない人間だったのかもしれない）

会うはずもない場所で、あり得ない出会い方をし、夏から秋をともに過ごした。共に食べて、共に寝て——そして、笑った。

（僕たちは……）

確かに恋人同士だった。

結婚というゴールがない、決して実を結ばない恋人同士だった。

＊

僕はそのまま栗山千明先生の家に連れていかれ、数か月ぶりに先生と顔を合わせた。先生は僕の顔をまじまじと見てから、うんと頷いた。

「……しばらく見ないうちに、なんだか輪郭がはっきりしてきたわね。なにがあったか聞かなくても、なぜあなたが『花盗人』を書き上げられたのか分かる気がする」

「僕、解雇されたんじゃないですか？」

「あれだけキャンセルを出し、音信不通となったら、仕方ないでしょう？」

「…ですね」

「でも、わたしは待っていたのよ」

憧《あこが》れの先生を前にしても、以前のようにドキドキはしなかった。

相変わらず素敵な人だなあと思うけれど、それが恋愛には繋《つな》がっていなかったことが今は分かる。

僕は本当に大事なものを残してきたのだ。

（裕一郎さん……！）


彼は行けと僕に言ったが、僕はまだそれが正しいとは思えない。

僕は彼なしで生きていけるとは思えない。

僕は一体なにをしようとしているのだろう。

「さ、これから忙しくなるわよ」

先生は言ったが、どこか他人事のようだった。

「演出はわたしがやるけど、あなたの意見はとても重要。いくつか脚本の手直しもしてもらいたいし、作曲家との打ち合わせもあるわ」

「………」

「なに、しけたツラしてんだよ。ああ!?」

三上が僕の背中をドンと押す。

「信じらんない、ってか？　オレはお前に才能があると思ってたから、なんも驚いてねえぞ。やるからには、ぜってぇいい舞台にするぞ」

なかば茫然《ぼうぜん》としながら、僕は彼の言葉をなぞった。

「いい舞台に…ね」

「そう、いい舞台にするわ」

「……そう、いい舞台に」

いい舞台——孤独な大学生だった僕が通い詰め、魅せられた。

悲しい、寂しい現実を忘れ、舞台上の俳優と一体化する感覚にぞくぞくした。歌と踊りが心を揺さぶり、乏しい経験値しかない僕を引き上げていく……！

僕は素晴らしい舞台をいくつも観た。

それを自ら作りたいと思ったのを確かに覚えている。

「やるだろ？」

「……たぶん」

アパートを引き払ってしまったので、しばらく三上のマンションに居候《いそうろう》させてもらうことになった。

三上の服を貸してもらい、一緒に食事に出かける。服はほぼぴったりだし、二人とも食べることにあまり興味がない——三上は食事よりもアルコールが好きなのだ。

昔に戻ったみたいだったが、僕たちはもう喧嘩《けんか》はしなかった。

セックスもなしだ。

口を開けば、舞台の話ばかり……。

「この花盗人って男、故意に頭ん中を半分ずつ動かしているんだよな？」

「そう、二重人格ではないよ」

「妖怪女に彼は何を見て、恋したんだ？　自分に群がってくる他の女にはないものって……」

「献身や犠牲?」

「それは愛か?」

「少なくとも、彼女は愛だと思っているよね」

「違うよなあ」

「だから、棺の中のやつは苛《いら》つくんじゃないの」

三上とこれほど話が弾《はず》んだことはない。

それは楽しくないこともなかったが、僕は裕一郎さんを思っていた——彼とは共通の話題は少なかったが、不思議と気詰まりになったことはなかった。

「お前、なんか変わったよな」

「そう?」

「あの無駄にハンサムな、ネットの食品会社の社長とつき合ってたんだよな。バイト先で知り合ったのかよ? なんか…お前について知らないことがあるなんて、ちょっと愉快じゃないぜ」

話せよと促され、僕は三上に遠山裕一郎氏との出会いを話して聞かせた。

目白《めじろ》の早朝、彼が運転する自動車とぶつかったこと、彼が花を手に訪ねてきたこと、彼は僕を女性だと思っていたこと…——。

「なんか…小説みてえな話」

「ねえ?」

「オレとお前は……そうだな、同じ世界にいすぎたよ。倦怠《けんたい》期の夫婦みたいになっちゃって、オレはみじめだったね。だから、お前の部屋を出たんだ」

「そうだったんだ……」

彼の言い分は、分かるような分からないような……——出て行かれ、独りぼっちになり、みじめだったのは僕のほうだと思っていた。

どちらがどうだったかは置いておくにしても、どんどん売れてきた俳優とまったく芽が出る気配もない脚本家の同棲生活はどん詰まりだった。

「オレはお前が好きだったんだぜ」

「うん…」

「今回も、すっげえ捜した。自分がさっさと登って、お前のことを引き上げればいいって思ってたからさ、行方が分からなくなったら、そんなことも出来なくなるじゃん」

「……悪かったよ」

「友達だろ？」

「うん」

そう——三上は友達だ。

もしかしたら、初めての友達だったのかもしれない。友達なのに、僕が依存してしまって、わけが分からないつき合いになってしまったような気がする。

三上に勝手なところはあるが、僕もまた幼稚だった——僕は他人との距離の取り方が下手だ。冷たいほど距離をとってしまうか、近づき過ぎてしまうかのどちらかしか出来なかった。自分のことが嫌いで、他人に興味がまるでなかった。

「どこへ行くにしろ、行き先は言えよ。オレ、ちっとは傷つくぜ？」

「ごめんね」

もやもやしていた三上との関係が、ようやっと整理された気がした。

「ところでさ、その出会い、面白いから次の脚本にしろよ。花が出てくるシリーズにすんだよ。どうだ？」

「じゃ…自動車じゃなくて、馬車に轢《ひ》かれかけたことにする？　舞台は中世とかにして」

「いいな、それ。コスはしばらくやってねーし、オレみたいな美男に花は似合うしな」

「しょってるなあ。なに、三上、当然のように主演？」

「そう、シリーズ通してオレが主役」

稽古はすでに始まっていた。

最初はなにをしたらいいのか分からなかった。

俳優として、これまでの僕は要求された最小限のことしかしてこなかったし、以前の短い一本については演出の栗山先生に丸投げでよかったからだ。

栗山先生にくっついて、台詞《せりふ》の手直しをした。

先生に相談され、舞台の使い方についていくつか意見を言った——それが的を射ていたのだろう、打ち合わせに呼ばれるようになった。

いくつかのオーディションに立ち合いをした。

公演が近づくにつれ、衣装や舞台装置、作詞……などで、一日に何度も意見を求められるようになった。

演出と出演を両方果たす栗山先生に全て一任というわけにはいかず、僕はその場で回答をひねり出す。

どっぷりと舞台に関わり、もはやサボテンのように存在するわけにはいかなかった。

頭を働かすうち、じきに身体も動かさずにはいられなくなった。

偉そうに指示をするほどのキャリアはないという自覚はある。

ハッピー・ダイニングにいたときのように、弁当を買いに走ったり、電話を取り次いだり、控え室に誰かを呼びに行ったり、自分の出来ることはなんでもした。

小道具や大道具を手伝い、汗を流しながら……僕が思っていたのは、やっぱり裕一郎さんのことだった。

社長、社長と呼ばれながらも、彼はいつも率先して動いた。

だから、周りが動いたのだ。

一緒に食べ、語らい、笑い——社員たちは家族のようにまとまっていた。

そう思ってみれば、栗山先生もそうだ。自分が歌い、踊り、演じてみせる。裏方に声をかけるのも忘れない。

会社も劇団も集団という括《くく》りではそう変わらない。

人間たちの集まりだった。

人は一人では生きていけない。

それに気づいたとき、彼が恋しくて堪らなくなった。

(裕一郎さん……!)

三上に電話しろよと言われた。

向こうからはメールも電話もこない。

(こっちの世界にいるのが、僕の幸せだと……?)

思えば、怪我が治ったからと彼の元を去ったときもそうだった。

脚本を書く、一人になりたいという僕を、彼は強引には引き留めなかった。

僕は彼に見限られて——いや、その言い方は彼に失礼だろう。彼は進んで身を引こうとしているのだ。

(そんなのひどいよ。僕はあまり人を好きにならない。信用できない。あれほど寛《くつろ》げる人は初めてだった。次に出会う人なんか、いるかどうか……)

僕は携帯を握り締める。

僕にも、迷いはある――彼をとても好きだから、その幸せを考えるのだ。

最後に見た裕一郎さんは、千鶴ちゃんを抱えていた。

彼はいい父親だった。その役目を楽しんでやっている。出来ることなら、彼はまた家族を作ったほうがいいだろう……。

僕はまだ勇気がない。

自信がない。

彼に僕だけを愛してくれとは言えない。僕のために、家族を作るのを諦めてくれとは言えないでいる。

パンフレット制作にあたり、久しぶりにカメラの前に立った。

写真を撮り、それに添える挨拶文を考えた。

インタビューで僕は言った。

『花盗人は男のロマンです。二つの顔を持ち、人の二倍の人生を送る。しかし、彼は本当に欲しいものが分からず、多忙なわりには心が暇です。退屈している』

『芙蓉《ふよう》夫人と出会い、退屈している場合ではなくなり、彼の人生は自分では制御が効かなくなっていく……恋愛をきっかけに、世界がガラリと変わってしまうことってあると僕は思うのだけど』

『僕は歌や踊りの扱いは勉強中ですが、花盗人の人となりを描くには必要だと思いました。三上くんは花盗人にぴったりなキャラクターです』

『ええ、三上くんとは学生時代からの友人ですよ。今でも、朝まで演劇論を闘わせることがありますね。今回もそうでした』

『好きな食べ物……うーん、美味しいと思える水とパンがあればいいかな。卵が新鮮なら、卵かけご飯がいいです。あまりグルメではないですねえ。僕は仙台出身なので、ふっと笹《ささ》かまぼこが食べたくなります』

衣装が決まり、舞台装置も完成、歌も次々と出来てきた。

稽古の仕上げに入りつつ、宣伝活動にも本腰を入れる時期にきた。

多忙な主役の三上と栗山先生だけでなく、他のキャストと組んで、新人脚本家として僕もまたテレビやラジオに出演した。

多忙な日々が続く……。

僕は望んでいた華やかな場所にいたが、疲れて、とても孤独だった。


舞台袖《そで》から出てきた三上が、冷ややかな顔つきで台詞を言う。

『オレは花をきれいだと思って眺めたことはない。人にあげたこともないし、欲しいと思ったこともない。盗んだ場所に花を残すのは、ちょっとした合図にすぎなかった。オレをナルシストだと警察《サツ》のやつらは言っていた。それは的外れな指摘ではない。オレは自分が好きだ。自分の自由さが好きだった。しかし、オレは彼女に出会ってしまう。オレを愛さない女を振り向かせるのに、オレは両手にいっぱいの花を抱えねばならなかった。盗んだ花、という美学を添えて……――』

そして、三上は歌う。

〜――…運命の人にようやく出会った。
あなたをオレのものにするために、一体なにをすべきだろう。
これまで学んじゃこなかった。心は盗めと？
どんなに巧みな盗人でも、心だけは盗めない。
愛の言葉は風に運ばれ、あなたのクールさの前に霧と消える。
途方に暮れる。
せめて花を贈ろう、特別な花を…――。

胸に深紅の花を飾り、身体をムチのようにしならせて求愛のダンスを踊る三上。

まるで鳥だ。
くらくらする——舞台の上の美男俳優のセクシーさは圧倒的だった。

客席から稽古中の三上を眺めながら、僕は自分が書いた詩の意味を噛み締めていた。

(……運命の人、心を盗む——ああ、花だ。特別な花)

いつしか、呪文《じゅもん》のように彼の名を繰り返していた。

「ゆ…いちろさん、裕一郎…——」

会いたい。

一目だけでもいい、会いたい。


「これ、お前にって」

深夜、飲みに出ていた三上が土産を手に帰ってきた。

「なに?」

箱を開けると、中に笹かまぼこが入っていた。

送り主の名前も聞かないうちから、僕は貪《むさぼ》るように食べ始めた——食欲を失っているところに、もう帰ることはない故郷の味は嬉しかった。

「オレ、今夜ハッピー・ダイニングの社長に会ってきたぜ」

「え？」

三上はニヤッと笑い、胸ポケットの小さな花を僕の耳の上に挿した。

「やつ、待っているってさ」

「み…三上」

「オレはさ、お前に幸せになってもらいたいんだ。不幸でなきゃ書けない作家なんて、ウソだと思うからよ」

僕はめそめそと泣き出した。

遠山氏に三上、そして栗山先生……僕は僕が思っていたよりも不幸ではない。全然そうではない。

「幸せに手を伸ばすのを怖がるなよ」

「……欲しいものが二つあってもいい？　欲張りすぎじゃない？」

「オレなんか、二つどころじゃねえぞ。三つも四つもだ。欲張ったっていいじゃないか、人生はたった一回だぜ」

髪に飾られた花を抜き取り、僕はくるくると指先で回した。

自分に言い聞かせる。

（彼…待っていてくれるってさ）

公演までの多忙と緊張の中、それが僕の支えとなった。

(終わったら、会いに行く。そして、今後のことを話すんだ)

そして、僕は見つけるのだった——公演のパンフレットに列挙されているスポンサーの中に、かの会社名を。

それとは別に、遠山裕一郎の名前も。

僕は応援されていた。

舞台を成功させないわけにはいかなかった。


追加公演の朝、僕は会場で母親からの花束を受け取った。

母がどんな思いでそれを手配したのかは分からない。

期限の一か月を過ぎても僕は母になんの連絡もしなかったし、携帯電話のナンバーを変え、アパートを引き払っても、新しい連絡先を教えようとは思わなかった。

公演のパンフレットが刷り上がったとき、一部だけ実家に送った。チケットくらい手配してもよかったかもしれない。

花束にはメッセージもなにもなかった。

ただ、他のどれよりもきれいな花束に見えた——あの母が、初めて僕を肯定したのだ。目出《めで》度《た》いという気持ちが少しもなかったとしたら、花束という形にはならなかっただろう。

僕は自分で花瓶を買い、活け直《い》し、劇団の事務局に飾ってもらうことにした。

いろいろな意味で一区切りだった。

その年末、僕は二十七歳になっていた。

それをまだ若いと思っていいのか、若くないと思うべきかは分からないが、大人になってもう随分経っているのは事実だった。

そろそろ自分を卑下するのは止《や》めようと思った。

生まれや育ちは仕方がない。自分で選べることではなかった。だけど、その先は自分でちゃんと選んでいいのだ。

したいことが見つかったのはラッキーだった。

もがいて、転んで…七転八倒しながらも、僕はどうにか生きてきた。偶然に助けられたり、また驚かされたりしながらも……。

公演は大盛況のうちに終わり、俳優も道具方もみんな一緒に打ち上げに行った。

その席で、僕は三上に言った。

「僕はもう前しか向かないよ」

「いいぞ、望。ついでに踊れ、歌えぇ！」

「踊りはイヤだけど、歌ってもいい」

マイクをもらい、三上の真似《まね》をして歌った——僕が詩をつけた、冒頭の『花盗人』の曲を。

〜——…運命の人にようやく出会った。

あなたをオレのものにするために、一体なにをすべきだろう。

これまで学んじゃこなかった。心は盗めと？

どんなに巧みな盗人でも、心だけは盗めない。

愛の言葉は風に運ばれ、あなたのクールさの前に霧と消える。

途方に暮れる。

せめて花を贈ろう、特別な花を…——。


「麻木センセ、かっちょぶ〜！」

「歌もいけるんじゃないすか？　三上さんにそっくり」

若者には褒《ほ》められたが、三上自身からはダメ出しを喰《く》らった。

「お前、歌い出しはもうちょっと顎《あご》を引け！　盛り上がるに従って、煽《あお》ってかなきゃなんないだろ。こうだよ、こう」

酒宴が楽しいと思えたのは初めてだった。自分が歓迎されざる客であるかのような、居心地の悪さはまったく感じなかった。

苦楽を共にした仲間と、飲み、話し、笑い合うことは素晴らしい。役割はそれぞれ違っていても、劇団員には演劇が好きという共通点があるのだ。

進んで二次会にも出た。

三次会の途中、したたか酔っ払った僕を支え、三上はタクシーを停めた。

「オレはもう一軒行きたいから、先に帰ってろよな」

僕だけを座席に押し込む。

ドアが閉まった。

運転手さんに行き先を言うように促され、僕はさらりと言っていた。

「銀座へ向かってください。京橋《きょうばし》公園の近くの、建設途中のビル」

その瞬間まで、裕一郎さんに会いに行こうとは思っていなかった。いずれ会いに行くつもりだったけれど、漠然と桜の季節にしようと決めていた。

今がいいと思った理由は分からない。

ただ、僕は彼に会いたかったのだ。

無性に会いたかった。

その気持ちに逆らう必要はない。

車窓にまばゆい街の明かりを見せながら、彼のところへとタクシーは滑るように走って行く。

僕は少し眠ったのかもしれない。

「お客さん、このビルでしょ？」

ハッと気づいたときは、もうくだんのビルの前にいた。

料金を支払い、外に出た。

たちまち晩冬の凍りつくような寒さに取り巻かれた——酔いも眠気も、彼に会えるという興奮さえ、すーっと身体から抜けていくようだった。

夜も十二時を回り、さすがに電気が全て消えている建設途中のビルは、くろぐろと廃墟《はいきょ》さながらに見えた。

懐かしさとわずかな気後れを感じながら、僕はしばし佇《たたず》み、彼が眠る窓を見上げた。

携帯を鳴らす。

彼はすぐに応じた。

『……望くん?』

「裕一郎さん」

『今、どこ?』

「下だよ」

答えた途端、その窓がするりと開いた。

僕たちは携帯を耳にあてがったままで——僕は見上げ、彼は見下ろし、見つめ合った。

携帯のスピーカーから、彼の息づかいが聞こえてきた——ハーッと呼気が耳に入ってくるような錯覚に、僕の身体は戦慄《せんりつ》した。

「………っ」

　僕の呼気は震えていただろう。

『……お帰りって言っていいんだよね？』

　彼が言った。

「言ってよ」

『お帰り、望くん』

「ずっと…ずっと、帰りたかったんだよ。あなたのところへ」

『上がっておいで』

「うん。待ってて」

　彼が施錠を解くや否や、僕はビルの中に駆け込んだ。

　怪我をしていない今、階段を二段抜かしで駆け上がることが出来る。

　彼も階段を降りてきた。

　僕たちは勢い込んで——彼が一段下、僕が一段上の位置になり、お互いに振り向く形で抱き合った。

　僕は決して小柄なほうではないけれど、彼の身体にはすっぽり填《はま》り込んでしまう。パジャマの布ごしに、彼の鼓動と身体の匂いを感じた。

　陶然となる。

ここは、僕がずっと来たかった場所だ。

温もりと安全、優しさに溢《あふ》れた、堪らなく快適な場所だった。

そのとき、僕は自分の内側で、劇的なことが起きたのを見た気がする――きりきりと硬く巻いていた蕾《つぼみ》が先端から柔らかく綻《ほころ》び、ついには大きく花開くのを。

花の種類は知らない。

花の名前なんて、僕はなにも知らない。

でも、きれいだというのは分かる。

彼にキスした。

獰猛《どうもう》なくらいに押しつけ、吸い、びっしょりと濡《ぬ》れるまで。

荒い呼吸をしながら、彼がそっと囁《ささや》いてきた。

「……咲いたね、きみ」

たぶん、彼も見たのだ。僕の中にあった硬い蕾が、大きく華やかに咲いたのを。

「オレがきみを愛するのを許してくれるかい？　いつも一緒にいられなくても、二人は思い合っていけるよ」

僕はこっくりする。

「でもね、食べるとき、寝るとき、あなたが側にいると嬉しいよ。食べているとき、寝ているときのあなたが好きだ」

「一緒にいるときは、食べて、寝て、そして愛し合おう」

彼は僕を抱き上げ、ベッドまで運んだ。

危なげない足取りが嬉しい。

「愛し合ってから、寝て、食べる日もあっていいよね？」

「もちろん」

僕らは強く、強く……もう決して離れまいという決意でもって抱き合った。

お互いに飢えていて、ゆっくりと睦《むつ》み合う余裕はなかった。慌ただしく身体を合わせ、歓喜の声を上げた。

「好き…あなたが、好き」

「オレもだよ」

「……引き留めてくれなかった」

「引き留めるようなら、愛じゃないだろ？」

「そ…そか」

「そうだよ」

広い背中、盛り上がった肩……夢にまで見た彼に触れ、力強く抱き寄せられ、僕は満足の溜息を漏らす。

また唇を合わせた。

何度も、何度も――数限りないキスで、僕は帰宅を歓迎された。

僕の胸の突起を指先で弄《いじ》りながら、彼はひどく小さな声で言った。

「待つのは苦じゃないんだよ。ただ、必ず戻ってくるって約束してくれれば…ね」

僕は知った――この会えなかった日々の長さは、僕が思っていたよりもずっと彼を痛めつけていたのだ、と。

僕は独りぼっちではない。

「約束するよ、必ずここに戻ってくる。あなたがいるところが、僕の家だから」

彼はニヤッと笑った。

この左右対称でないちょっと人を馬鹿にしたような笑みに、僕は身構え、そしてたぶん恋をしたのだ。

人と人との出会いはつくづくと不思議だ。

僕たちの出会いは、なにか特別な――神やなにか上位の存在にでも、仕組まれていたのかもしれない。

あとがき

えっらいお久しぶりです、水無月《みなづき》さらでございます。

さて、この一年半…一体わたくしはなにをしていたんでしょうか？

萌えを探して、アニメの国や映画の国、歴史の国、ついにはラノベの国まで……てくてくと地道な旅をしたのに見つからず、わたしの「萌えレーダー」は壊れてしまったのかしら〜と途方に暮れて家に戻りましたところ、あらあら、萌えはここにあったんですね。そう、わたしの胸の中に（ぱあああ！）。…ってのはあながち冗談でもなかったり。

ハッと気がついたら季節は移り、世間には、のんびり口調の戦場カメラマンやら、もっさり太ったデラックスな女装家やらがデバッていて、わたしの好きだったお笑い番組は根こそぎなくなり、朝にやってた妖怪漫画家さんの奥さんのドラマも終わってたんですよ。

仕方がないので、時代ものの映画を連チャンで観に行き、ずらりと並んだ色男たちに鼻の下を伸ばしたり、某アイドル様のバカ殿っぷりに世を儚んでみたりも……。

まあ、そんな感じで、月日の過ぎるのは早いんです。やだ、もう冬じゃないですか！　みなさまはいかがお過ごしでしょうか。新型インフルエンザの予防接種は終わられましたか？　この冬もフィギュアスケートの観賞を致しましょう。可愛い十五歳がおりますのよ。

えー、どうにかこうにか今年は一冊本を出すことが出来ました。お楽しみいただければ幸いです。グルメな若手社長さんと脚本家を目指す大根役者さんのお話ですよ。二人ともお花をしょった寂しん坊です。このお話のキモは、「ちゃんと食べて、ちゃんと寝ていれば、あんまり悪いことにはならない」ってとこでしょうか。ケガも治るし、恋人も出来るし、もしかしたら他にもイイコトが……！　カタカナで書きますと、イイコトってのがやらしいこと限定に見えますわね。ゆえに日本語は面白い。

ときどき穴に落ちてはお休みしてますが、ちまちまとブログをやってます。よろしければご覧ください。平素のわたくしの生活にはある方は共感出来たり、またある方は出来なかったりするかも……でも、一生懸命生きているのが分かると思いますので、ホントよろしければ。

担当O嬢様、イラストの一ノ瀬《いちのせ》ゆまさん、家族に友人たち、無事に本が出ますよー。ありがとうございました。読者のみなさまもお手に取っていただき、感激&感謝です。

それでは、来年も水無月さらをよろしくお願いします。今年よりはたくさん働こうと思っております。ってか、働かなきゃマジでヤバイんで。ぜひぜひ応援してくださいまし。ね？

この本を読んでのご意見、ご感想を編集部までお寄せください。

《あて先》〒105－8055　東京都港区芝大門2－2－1　徳間書店　キャラ編集部気付
「新進脚本家は失踪中」係

■初出一覧
新進脚本家は失踪中……書き下ろし

Chara

新進脚本家は失踪中……【キャラ文庫】

2010年11月30日　初刷

著者　水無月さらら
発行者　吉田勝彦
発行所　株式会社徳間書店
〒105-8055　東京都港区芝大門2-2-1
電話048-451-5960(販売部)
03-5403-4348(編集部)
振替00140-0-44392

印刷・製本　図書印刷株式会社
カバー・口絵　近代美術株式会社
デザイン　間中幸子
編集協力　押尾和子

ISBN978-4-19-900597-8

好評発売中

水無月さららの本
【主治医の采配】
イラスト◆小山田あみ

新婚旅行中に、突然砂漠の王に拉致され性奴隷にされた３年間。生還はしたけれど、将来を嘱望されていた有能な弁護士・夏目礼一郎《なつめれいいちろう》は、下半身の自由を奪われ生きる気力さえ失っていた。その主治医についたのは、高校時代の同級生・上条晴隆《かみじょうはるたか》だ。心は性欲を認めないのに、診察されるだけで反応する体と折り合いがつかない礼一郎。そんな自ら治療を拒む患者を、内心持て余す晴隆だったが…。